劳伦斯
墨西哥小说殖民话语与主体性嬗变

The Colonial Discourse in
D. H. LAWRENCE'S

罗旋 著

Late Fictional Stories and
Its Subjective Metamorphosis

社会科学文献出版社
SOCIAL SCIENCES ACADEMIC PRESS (CHINA)

Contents 目录

001　　摘　要

006　　**Abstract**

001　　引　言

001　　一　劳伦斯与"新世界"
015　　二　劳伦斯研究现状
025　　三　相关理论与方法

031　　**上篇　殖民主体空间意识的衍变**

035　　一　"出走"主题与疆界的拓展
050　　二　景观再现与权力投射
066　　三　日常生活中空间的争夺

| 083 | 小　结 |

085	**中篇　殖民主体对他者的矛盾态度**
089	一　身体书写与主体性边界重建
108	二　身体书写与主体性超越
122	小　结

126	**下篇　异质文化的融合**
129	一　宗教改革与文明对话
148	二　政治改革与历史经验对话
158	小　结

| 160 | 结　论 |

| 169 | 参考文献 |

摘　要

后殖民理论兴起以来，学界对刻画殖民社会的小说文本中潜藏的殖民者与被殖民者权力关系与身份定位的解读与阐释都具有鲜明的预设立场。较为新近的研究已经能够意识到，不管是自我认知层面，还是文化身份层面，殖民话语都是一种变化的、不稳定的连续谱系，永远处于重新发现的过程中。就像斯图亚特·霍尔所说，"我们不要把身份看作已经完成的、然后由新的文化实践加以再现的事实，而应该把身份视作一种'生产'，它永不完结，永远处于过程之中，而且总是在内部而非外部构成的再现"[①]。也就是说，人们不再以黑格尔式的主奴二元对立的辩证关系来看待殖民主义的历史影响，而是代之以"矛盾""双向""模棱两可"等概念。然而，大多数具有类似主张的研究似乎只针对处于边缘和弱势地位的被殖民者，说明他们在摆脱殖民统治后所面临的身份困境，以及殖民社会曲折的发展历程。极少有人注意到，散居状态下身份的流变对处于霸权地位的殖民者也同样适用。需要指出的是，这并不是否定霸权

---

① 斯图亚特·霍尔：《文化身份与族裔散居》，载罗钢、刘象愚主编《文化研究读本》，中国社会科学出版社，2000，第212页。

的存在，殖民权力依然通过认知暴力以各种秘而不彰的形式对他们曾经的"属下"施加影响，只是在去殖民化运动之后，被殖民者已经开始有意识地反抗霸权，通过展开各种民族主义运动来抵抗殖民主义文化的影响，从而对西方产生一定程度的逆向影响。

概括来说，劳伦斯四部以墨西哥为背景的小说——《圣·马尔》(*St. Mawr*)、《骑马出走的女人》、《公主》(*Princess*)、《羽蛇》(*The Plumed Serpent*) 体现了白人与他者文化正面交锋时所经历的对抗与对话。他的墨西哥小说总是在描述主人公复杂的心理变化，各种冲突不断，叙事线索也较复杂，这恰恰反映了跨文化边界状态下主体在他者持续搅扰下的流变，这也正是几部墨西哥小说早前被忽视的重要价值所在。由于跨文化、跨种族的边界状态比较复杂，具有即时性和相对性的特点，不管对个体还是集体而言，它都是一个各方矛盾力量相互交织、相互影响，蕴含着各种可能性的开放性场域。因此，我们可以从日常生活领域中的空间和身体两个维度以及公共领域的宗教和政治出发，来探讨边界状态中的主体与他者的互动，并以此说明劳伦斯墨西哥小说体现的一种更接近后殖民本质的阈限性混杂状态。殖民者主体与他者进行对抗与权力争夺的同时，也展开了交流与对话。这一过程对殖民者的主体意识与身份感产生了深刻的影响，殖民话语也不再具有稳定的性质，而是一条连续谱系上的不断滑动与定位。

首先，殖民行为本质上是空间上的扩张与占有，因此在殖民社会，空间上的碰撞最为明显。劳伦斯晚期的几部小说均以"出走"为主题，在立意上还是依附于殖民主义意识形态，体现了征服与开拓的殖民者意志。而帝国背景也使得小说中的人物在物理和心理空间上都享有特权,其疆界能够无限延展。而一旦踏上异国土地后,殖民者便需要不断面对他者的挑战与限制,而他者首先以自然的形式存在。几部小说中的景观书写符合殖民进程早期遗留下来的叙事规范,既有美学视角,也有实用价值,而这两方面都体现了以征服和占有为目的的权力意识,在一定程度上印证了殖民话语中所隐含的认知暴力。与此同时,由于受到当时盛行的原始主义(primitivism)的影响,劳伦斯一直推崇原始文化的万物有灵论,因此也致力于在小说中呈现他的"地之灵"(spirit of place)理念。因此,他笔下的自然景观常常显示出一种与人对等的主体性,人与自然的关系也变成了主体间的对抗。此外,由于殖民者在异域定居之后也常常陷入与被殖民者争夺空间的斗争,小说《羽蛇》中日常生活空间的描述便揭示了这种对立的空间意识和活动,而殖民地的空间也经历了从隔离到共享的发展过程。因此,劳伦斯晚期小说中主人公的空间体验说明,殖民者意识并不是帝国意志的无限制扩张,而是处于一种不稳定的边界状态,与他者的互动致使主体不断修正自我的边界,而殖民者身份也在此过程中实现重新定位。

其次,身体是人与外界接触、塑造自我主体性意识的要素。在殖民地社会,身体还是划分社会群体、制定差异性社会规则的首要依据。劳伦斯晚期小说中的人物刻画体现了殖民地社会以肤色和服饰为标准所建立的严格的区分机制。这种以身体特征为依据的差异在殖民者与被殖民者之间划出清晰而绝对的界线，这使得身体领域的对抗更为激烈，大多诉诸暴力。此外，在殖民地社会，异族通婚不可避免。有色人种希望通过与白人结婚来改善自身处境，而白人同样也在他者身上投射欲望，但出于对血统纯正性和人口素质的担心，白人又对种族通婚持否定态度。劳伦斯墨西哥小说中的白人对他者持一种矛盾和含糊的态度，这正是边界状态下他者不断挑战主体权威从而使其变得不稳定的结果。

除了日常生活领域的对抗与对话以外，小说也体现了公共领域的对话与交融，四部小说中，《羽蛇》对这一主题表现得尤为深入。小说《羽蛇》情节中融入了大量宗教和政治的相关叙述，以墨西哥当时的社会历史为背景，探讨西方文化与墨西哥传统文化对话的可能性。在宗教方面，劳伦斯引入了墨西哥在民族主义推动下进行宗教改革的历史背景，通过叙述一场墨西哥传统宗教的复兴运动，将基督教文明与墨西哥印第安人传统文化进行了融合。在政治体制方面，劳伦斯同样也是将自己的政治理念与墨西哥的历史经验相结合，指出了未来社会的发展方向。小说中宗教和政治领域西方与墨西哥元素的结合说明，自我与他者的对话与融合也在公共领域发生，这就是独立后的墨西哥社会混杂文化的印证。而不管劳伦斯是以什么角度、立于哪个阵营，他对墨西哥未来的关注本身就足以说明，"墨西哥"已经成为所有身处其中的人们共有的身份。

综上所述，劳伦斯几部墨西哥小说书写殖民者的边界体验是一种对抗与对话并存的状态。这说明边界状态下的主体性并不是一种绝对的本质主义的存在，而是一种即时的、连续变化

摘　要

的状态。因此，对殖民话语的分析只能是一种定位，而不是定义。相较于传统的劳伦斯批评而言，他旅居美洲期间创作的几部以墨西哥为背景的小说一直受各种因素影响未受重视，即便有所提及，也有鲜明的预设立场，要么批判其中隐藏的帝国主义意识形态，要么褒奖劳伦斯对印第安人遭遇的同情，而这些互相对立的观点又进一步加深了人们对这几部小说的误解。本书为更好地理解劳伦斯的墨西哥小说提供了新的解读方式，有助于洞察第一次世界大战后欧洲社会殖民主义意识形态的流变。同时，通过这种对立的立场来理解特定历史时期欧洲殖民国家与独立后的墨西哥社会文化状况，一定程度上也有助于理解当今世界化进程中更为多元的文化现状。

Abstract

Early literary studies on the location of identity and relationship between the colonizer and the colonized with the perspective of post-colonialism theory usually tend to take a stance. Yet recently the scholars have realized that both self-perception of the individual and the cultural identity of a group are constantly changing and can be rediscovered with a new location in a diagram. Stuart Hall's study confirms it by claiming that identity is not something that has been settled; on the contrary, it is always in the process of production. In that sense, the historical impacts of colonialism should not be approached with the Hegelian dialectic of lords and slaves but with other senses such as "aporia" "coordination" or "ambivalence". Even though people have learned to adapt their way of seeing the post-colonial phenomena, in most cases they like to attach their attention to the colonized, who are supposedly weak and marginalized, to illustrate the difficult situations they are faced with after the independence of their nation. It is rarely noticed that the flexibility of identity in the situation of diaspora can happen to the colonizer as well. This does not mean that hegemony stops existing, and the power of the West still sheds light on the colonized through cognitive violence in invisible ways. However, people in the colonized regions had started their resistance against the Western hegemony through nationalistic activities, especially after the decolonization movements.

The four stories written by Lawrence on Mexico as their setting are about the conflicts and intercourse between the white people and the cultural others. These stories depict the antagonists' psychological changes, therefore, there are plenty of inner struggles, and the narrative clues are complicated, which reflects the evolution of subjectivity resulted from the interruption of the Other on the trans-cultural border. These are the most important values of the four Mexican stories, but they have long been ignored. As the trans-cultural and trans-racial situations on the border are immediate and relative, and both sides can influence each on a great deal, there are plenty of possibilities in the open field. This dissertation tends to discuss these situations in light of space and body on the individual scale and the religious andpolitical issues on the collective scale, trying to explain the complexity of the liminal and hybrid situations in the post-colonial society which are demonstrated in Lawrence's four Mexican stories. This study finds that while the colonial subjects and the Other are fighting against each other for power, they are making conversation and coordinating as well, and this, in return, would affects the colonial subjects' sense of identity. As a result, the colonial discourse is not static, and instead, it is in the process of location and relocation in a diagram.

First of all, colonial behavior is essentially spatial expansion and occupation. Therefore, the collision in space is the foremost conflict in colonial society. All of Lawrence's late novels are on the theme of "going away", attaching to the colonial ideology, embodying the will of the colonists who conquered and pioneered. The empire background also makes the characters in the novel enjoy privileges in both physical and psychological space, and its boundaries can be extended indefinitely. Once embarked on a foreign land, the colonists need to constantly face the challenges and limitations of the Other, which primarily exists in the form of nature. In that case, the landscape writing in those novels conforms to the narrative norms left over from the early colonial process with both aesthetic and practical values, only to reflect the power consciousness for the purpose of conquest and possession, with cognitive violence implied in narration. At the same time, due to the prevalence of primitivism, Lawrence has always advocated the animism of primitive culture, and is committed to presenting his "spirit of place" concept in the novel. Therefore, his natural landscape often shows a subjectivity that is equal to people, and the relationship between man and nature has become a confrontation between subjects. In addition, since the colonists often settled in the struggle for space between the colonists after they landed the foreign countries, the space of daily life in the novel *The Plumed Serpent* reveals this opposing spatial consciousness and activities, and the colonial space also is processed from segregation to integration. Concequently, the spatial experience of the protagonists in Lawrence's late novels shows that colonial consciousness is not an unrestricted expansion of the imperial will, but an unstable boundary. The interaction with the Other causes the subject to constantly correct the boundaries of the self and the colonized. And their sense of identity is also repositioned during this process.

Secondly, the body is the contact between the human being and the outside world, shaping the elements of self consciousness. In the colonial society, the body is still the primary basis for the division of social groups and the creation of social rules. The character portrayal in Lawrence's late novels reflects the strict distinction established by colonial society on the ground of skin color and clothing. This difference in physical characteristics draws a clear and absolute line between the colonizer and the colonized, making the confrontation in the physical field more intense, and mostly it will resort to violence. In addition, in colonial society, inter-racial marriage is inevitable. Colored people hope to improve their condition by marrying the whites, while white people also project their erotic desires on the Other. At the same time, they have some deep concern over the contamination of their blood and quality of the population, so they hold descrition over inter-racial marriage. The white people in Lawrence's Mexican novels show a contradictory and obscure attitude towards the Other, and this is the result of the challenge from the colonized people, and this challenge in return shatters the stability of their subjectivity.

In addition to confrontation in the field of daily life, the novels also reflects dialogue and integration in the public sphere. Among the four novels, *The Plumed Serpent* explores to the deepest on this subject. Its plot incorporates a large number of religious and political narratives, and explores the possibility of dialogue between Western culture and Mexican traditional culture in the context of Mexico's history. With regard to the religious affairs, Lawrence introduced Mexico's religious reforms under the impetus of nationalism. By narrating the movement of the renaissance for traditional Mexican religion, Lawrence integrated Christian civilization Mexican Indian traditional culture. In terms of the political system, Lawrence also combines his political ideas with the historical experience of Mexico, and thus points out the direction for its development. The combination of Western and Mexican elements in the field of religion and politics in the novel illustrates that dialogue and integration between the self and the Other is also taking place in the public domain. This is the confirmation of the mixed culture of Mexican society after independence. Regardless of the point at which Lawrence is based, his focus on Mexico's future is enough to show that "Mexican" has become a common identity for all people in it.

Abstract

In summary, the boundary experience of the colonists written in Lawrence's Mexican novels demonstrate the state of the coexistence of confrontation and communication. This shows that the subjectivity in borders not an absolute essense but it is constantly changing and evolving. Therefore, the analysis of colonial discourse can only be a kind of positioning, not a definition. Compared with the traditional Lawrencian criticism, the Mexican-based novels composed during his stay in the America have never attracted enough attention. Even if they are mentioned, they are approached with some presuppositions or critical opinions. The critics either reproach Lawrence's hidden imperialist ideology or praises his sympathy for the Indians, and yet these opposing views further deepen the misunderstanding of these novels. Therefore, this study provides a new way to understand Lawrence's Mexican novels, which not only can help us know better about the evolution of European-centred colonialistic ideology after World War I, but it can also help us to understand the social and cultural conditions of the European countries and even the post-independence Mexico better, which will lend some insight in the understanding of the more diverse cultural status quo in the current trend of globalization.

引 言

一 劳伦斯与"新世界"

D. H. 劳伦斯被雷蒙·威廉姆斯（Raymond Williams）称为"自学成才"的作家，终其一生都在为超越自己的阶级局限而抗争。1884 年，劳伦斯出生于英国诺丁汉一个普通矿工家庭，年少时便崭露极强的艺术天分。在其母亲的支持和鼓励之下，劳伦斯完成了大学学业，毕业后曾在学校工作过一段时间，并在此期间开始尝试文学创作。劳伦斯最早为人所知是因为他在福德（Ford Madox Ford）创办的杂志《英语评论》（*English Review*）上发表的短篇小说《菊馨》（*Oder of Chrysanthemums*），此后长篇小说《白孔雀》（*The White Peacock*）、《越矩者》（*The Trespasser*）以及《儿子与情人》（*Sons and Lovers*）的出版进一步奠定了他职业作家的地位。尽管他的文学才能已经得到部分肯定，却有很大一部分同僚将其视为"不入流"的作家，正如作家约翰·沃森（John Worthen）所说，他"在二十世纪早期英国中产阶级文学界并没有一席之地"[①]。由于受过良好教育，加上对智性的炽热追求，劳伦斯不再对父辈所在

[①] John Worthen, *D. H. Lawrence: The Life of an Outsider*, London: Allen Lane, an imprint of Penguin Books, 2005, p. xxi.

的工人阶级和矿区乡村具有归属和认同感,但与此同时,他也始终不为当时文学界的精英人士所承认。正是这种局外人的经历使得他的小说内容蕴藏强烈的冲突感,小说中的人物,不管是与异性、自然还是文化他者之间,都以对立的姿态来呈现。这些冲突之下,不仅蕴藏着大家通常所认为的劳伦斯对文明、城市和工业主义的批判,还有他对个人身份的探寻。随着生活半径的扩大,劳伦斯的探索亦由英国乡间矿区扩展至美洲大陆。

劳伦斯生活的时代也是英国历史上工业革命急剧推进的时期,在城市逐步将乡村吞噬的过程中,英国也开始由传统的农耕社会向现代都市社会转化。劳伦斯的出生和成长之地是诺丁汉一个矿区及其周边的乡村,这里也是一个典型的新旧并存的奇特混杂体,用他自己的话来说,"那里的生活非常奇特地混杂了工业主义和莎士比亚、弥尔顿、菲尔丁和乔治·艾略特的旧式农业英格兰"[1]。雷蒙·威廉姆斯非常敏锐地洞察到了这一点,将其称为"边界地区",并由此指出,劳伦斯始终处在"一个文化的边界上,不仅要在矿山和农场之间做出选择,还要在这两者和教育与艺术的开放世界之间做出选择"[2]。由此可见,劳伦斯小说作品的全部主旨便可概括为新旧之间的冲突,这其实也是熟悉与陌生的冲突,或者更进一步说,是自我与他者的冲突。在劳伦斯的故事中,他将这些冲突表现为理性和血性之间的较量,理性是探索、智性、破碎和异化,是工业主义的产物,而血性则与原始冲动和本能相关,是人与自然直接接触的生活方式。小说《虹》

---

[1] D. H. Lawrence, *Phoenix: The Posthumous Papers*, Edward D. McDonald, ed., New York: Penguin Books, 1978, p.135.
[2] Raymond Williams, *The Country and the City*, New York: Oxford University Press, 1973, p.264.

便展现了这样一种对立冲突,在第一章,劳伦斯以维多利亚小说的叙事手法描绘了世代务农的人与自然的天然联系:

> 他们明白天地是相通的,大地把阳光吸进自己的肺腑,让雨水流入自己的胸膛。田野在萧索的秋风中变得草木零落……对于他们来说,生活的全部内容与所见所闻所感仅此而已。触摸着大地的脉搏和身躯,会感到它们在向犁铧敞开胸襟。刚翻过的土地新鲜而蓬松,以沉甸甸的欲望攀附着人们的双脚。……他们翻身上马,将生命紧夹于两腿之间……①。

劳伦斯极富诗意与表现力的语言,将自然赋予人的灵性。他对务农活动的描写充满性的隐喻,赋予其创造生命的仪式感,显示自然最原始的力量。而与此相对的是现代工业社会丑陋和空虚的荒原,一个呆板、破碎、异化的世界,一个被标记为死亡的社会。在劳伦斯看来,死亡最终会被以生命的形式重写,并给予故事充满希望的结局:"新的、洁净袒露的身体将萌发出新的生命,获得新的成长。"②

由于《虹》中充满大量与性相关的意象和隐喻,在1915年被英国政府禁止出版。小说被禁给劳伦斯夫妇带来一系列经济和精神上的打击。由于第一次世界大战爆发,弗里达的德国身份让他们背负上间谍的负面名声,周围邻居也时常对他们的私生活进行窥探,这些都让劳伦斯夫妇的生活处境愈发艰难。这些不愉快经历让劳伦斯对英国产生极强的抵触情绪,并萌生离开的念头,他在与友人的书信中坦言,"我很烦闷,身心都如

---

① D. H. Lawrence, *The Rainbow*, London: Penguin Books Ltd., 1949, p. 2.
② D. H. Lawrence, *The Rainbow*, London: Penguin Books Ltd., 1949, p. 670.

此,若不离开(此地)我会死"①;"我希望两周以内就能离开:去美国……我为英格兰的写作到此为止"②。自此,劳伦斯将他对原始血性与自然灵性的探索由欧洲大陆转向他处,而美洲似乎是这样一个"应许之地":"我知道美国不好,但它有未来。我认为英格兰没有未来:它只会退化和衰落。"③ 由于各种原因,劳伦斯的美洲之行一直到1922年才最终得以实现,他们从意大利出发,取道锡兰、澳大利亚,最终到达新墨西哥。这一时期的劳伦斯化身奥德赛,"追寻"(quest)也成为其众多作品不断重复的主题。

在旅行的辗转逗留期间,劳伦斯陆续创作了《海与撒丁岛》(*Sea and Sardinia*)、《阿甘的权杖》(*Aaron's Rod*)、《鸟、兽与花》(*Birds, Beasts and Flowers*)、《袋鼠》(*Kangaroo*)、《墨西哥之晨》(*Mornings in Mexico*)、《羽蛇》(*The Plumed Serpent*)、《骑马出走的女人》(*The Woman Who Rode Away*)、《公主》(*The Princess*)、《圣·马尔》(*St. Mawr*)等游记、诗歌和小说作品。在这些作品中,原始力量的代表不再是早期作品中未受教育和文明沾染的"土著英国人"(aboriginal Englishman)④ 或其他的

---

① George J. Zytaruk and James T. Boulton, eds, *The Letters of D.H. Lawrence*, Vol. II. Cambridge: Cambridge University Press, 2002, p. 429.
② George J. Zytaruk and James T. Boulton, eds, *The Letters of D.H. Lawrence*, Vol. II. Cambridge: Cambridge University Press, 2002, p. 429.
③ George J. Zytaruk and James T. Boulton, eds, *The Letters of D.H. Lawrence*, Vol. II. Cambridge: Cambridge University Press, 2002, p. 411.
④ 文中说法出自尼尔·罗伯兹(Neil Roberts)的专著《D.H. 劳伦斯,旅行和文化差异》(*D. H. Lawrence, Travel and Cultural Difference*)一书。作者在注释中说明,这一说法非他原创,而是在参加1998年在陶斯(Taos)举行的第六届国际劳伦斯研讨会上受詹姆斯·菲尔善斯(James Phelps)启发,是他在讨论中提及。而此说应出自 Amit Chaudhuri 所著《劳伦斯与延异》(*D. H. Lawrence and "Difference"*),用于讨论其工人阶级出身与成长史中"劳伦斯式的延异"(Lawrentian "difference")语境。参见 Neil Roberts, *D. H. Lawrence, Travel and Cultural Difference*, New York: Palgrave MacMillan, 2004, pp. 30, 173.

"土著"欧洲人,而是转为异域的土著人,或者说相对于欧洲的文化他者。他深入体验不同地区的"地方精神"(spirit of place),探索当地人的血性意识,但他对应许之地的追寻也不是一帆风顺的,常常被失望所裹挟。在锡兰,当地人的纵情声色与崇尚感官的生活让他反感,让他甚至发出"白人无法在此地生活"的感叹①。澳大利亚人口虽然主要以白人移民为主,但他还是感到无法融入,在小说《袋鼠》中,他借主人公之口说出,难以融入的问题在于"无法识破这里的奥秘"②。在经历一番波折与辗转之后,美洲成了他最后的希望。在美洲逗留期间,劳伦斯在阿兹台克(Aztec)、玛雅(Maya)、印卡(Incas)等美洲印第安人那里找到了"暗藏的人性"(the "dark half of humanity")③,这也让他内心重燃希望之火:

> 对我来说,新墨西哥是我这些年来对欧洲以外世界最好的体验。它确实永远地改变了我。说起来也许奇怪,是新墨西哥将我从当前的文明时代——这伟大的物质和机械发展的时代中解放……从新墨西哥壮丽的清晨中苏醒,灵魂中新的一部分突然被唤醒,旧的世界被新世界代替④。

他将美洲称为"新世界"(new world),这并非就传统意义上

---

① See Earl and Achsah Brewster, *D. H. Lawrence: Reminiscences and Correspondence*, London: Martin Secker, 1934, p. 47.
② D. H. Lawrence, *Kangaroo*, New York: Penguin Books, 1980, p. 19.
③ George J. Zytaruk and James T. Boulton, eds. *The Letters of D. H. Lawrence*, Vol. II. Cambridge: Cambridge University Press, 2002, p. 519.
④ D. H. Lawrence, *Phoenix: The Posthumous Papers*, Edward D. McDonald, ed., New York: Penguin Books, 1978, p. 142.

的地理大发现而言,而是更具精神意义上的价值。对于劳伦斯来说,美洲印第安人以及他们"原始"(primitive)的生活方式及其与自然相处的模式蕴含着新生的力量,是拯救腐朽的欧洲文明的"良药"。

事实上,将原始文化视为拯救西方文明的"良药"并非劳伦斯首创,而是源于当时欧洲大陆颇为盛行的原始主义(primitivism)思想风潮,其主旨在于借返祖倾向来反思理性和工业文明。17世纪晚期启蒙运动以来,理性便成为西方人所推崇的认知模式。在理性主体看来,意识和认知对象是截然对立的两个体系,而人认识客体的过程和目的便是征服认识对象,并将其纳入知识体系。通过运用理性,人掌握了自然规律,从而得以驾驭和利用自然。到了19世纪,在理性的主导下,西方人发展了民主政治、自由经济、科技教育、多元文化等社会运行体系,逐步朝现代国家迈进。与此同时,人们既有的生活秩序也受到极大冲击,传统的农耕社会被工业社会取代,大量务工人员流向城市,世界性的"大都市"迅速崛起。在资本的驱动下,西方人开始向世界各地进行殖民扩张,也正是在此过程中,作为文化他者的殖民地人及其社会开始进入西方人的视野。然而,在工业革命和科学技术高唱凯歌,通往进步的同时,也给人们的生活方式带来沧桑巨变。巨大的变革下,各种矛盾开始滋生,并在聚积膨胀的过程中酝酿着巨大的危机,其结果便是两次世界大战的爆发。第一次世界大战的惨痛后果促使西方人开始反思理性和工业文明,他们意识到,主客对立的认知方式虽然促进了物质文明的发展,但同时也加剧人之天性的异化,这种物质文明一旦走入歧途,便会以极大的能量反噬人类。而土著人天人合一的原始思维不仅让人们看到了人类在进化初期的意识状态，同时也使其找到了一条逆转理性异化的道路，并寄望于借鉴原始文明来给病入膏肓的工业文明注入生机。概言之，"原始主义的活动提供了与过去重新连接的渠道，同时也指明了将来的道路"①。在原始主义那里，人们通过寻根找到扎根的新土壤，这作为一种思想契机开启了许多现代派艺术家对西方传统文化的反叛和创新。在绘画领域，毕加索在《亚维农的少女》中首次将非洲面具艺术引入绘画创作，消解了身体的自然属性，成为一种外在的面具似的表象。在文学领域，象征派诗歌旨在倡导人与宇宙万物的契合，这便是源自原始人的思维方式。乔伊斯的作品大量使用双关，使语言产生更多的含义，其实也是一种改变理性思维方式，在语言的层面上实现与宇宙万物重新渗透与契合②。T. S. 艾略特甚至指出，作为艺术家就应该是"最能够同时理解文明和原始的人"③。原始主义在为西方人探索自我文化的发展提供思想来源的同时，也加深了他们对他者的认识。

"他者"在西方思想史上具有深厚的哲学渊源，西方人对自我与他者关系的讨论可以追溯至柏拉图。通常情况下，人们认为外在于主体的一切人和事物，不管以什么形式存在，都可以被称为他者。他者不仅是认知对象，也是自我认知的依据，正是在他者的参照之下，主体得以对自我进行定义、建构和完善。因此，他者与自我既相互矛盾又相互依存。从笛卡儿到康德，

---

① Carole Sweeney, *From Fetish to Subject: Race, Modernism, and Primitivism*, 1919-1935, Westport: Praeger Publishers, 2004, p. 20.
② 张德明：《原始的回归——论现代主义文学中的原始主义》，《当代外国文学》1998年第2期，第13页。
③ T. S. Eliot, "War-Paint and Feathers", in Jack Flam and Miriam Deutch (Ed.), *Primitivism and Twentieth-Century Art: A Documentary History*, Berkeley: University of California Press, 2003, p. 122.

大多数哲学家都赋予理性主体绝对主动权,但从19世纪后期开始,他者的作用逐渐凸显,从黑格尔的"主奴辩证法"(dialectics of master and slave),到胡塞尔的"主体间性"(intersubjectivity),再到萨特的存在主义他者观,人们越发深刻地认识到他者对主体的限制和制约。恩格斯曾指出,人是一切社会关系的总和,这说明存在中的主体本质上是一种在关系中的互动,而福柯、德里达、拉康等一系列后结构主义思想家的理论则进一步明晰他者对主体的限制作用,拉康甚至推翻笛卡儿的名言"我思故我在",提出"我在我不在之处思维,故我在我不思之处存在"。正是在这样的思想背景下,主体逐渐被消解,他者开始走向历史的前台。

他者化思潮让原本处于边缘地位的受压迫者开始受到关注,而他者的概念也被广泛应用于分析帝国与其属地,以及西方殖民者(通常被戏谑地称为Raj)与殖民地人民之间的不平等关系。萨义德(Edward Said)认为,西方人建立了一整套弱化东方文化的话语机制,将东方塑造成落后、独裁、暴虐、淫乱的代名词,并由此突出西方的文明、进步、民主和理性。萨义德由此指出,这种话语机制是典型的欧洲中心主义的产物,其背后是西方对东方的物化、支配和控制。弗兰兹·法农(Franz Fanon)采用主奴二元对立的分析模式,对西方霸权以及非洲人的弱势心理和从属情结进行有力鞭挞,并揭露了西方殖民进程中对被殖民者文化上的压迫和心理上的迫害。斯皮瓦克(G. C. Spivak)沿袭德里达的路径,发现西方现代文化认同中所潜藏的"认知暴力",揭示了它的实施过程和运转机制,借此探索反抗的途径。自斯皮瓦克伊始,人们对殖民主体与他者关系的认知不再仅仅局限于冲突和对立的框架,而是逐渐浮现出某种介于"是"与"不是"之间的中间地带,正如霍米·巴巴(Homi Bahbah)所指出的那样,"文化的意义和象征并没有原始的统一或固定性",所以文化几乎都是处在混杂的过程中①。在绝对的二元对立向"混杂"与"差异"的转向中,我们可以看到某种处于边界状态的双向运动的产生。

如果说劳伦斯早期作品是对乡村与城市边界的描述,那么他在旅行中创作的一系列作品则是对这种边界的拓展。雷蒙·威廉姆斯就指出,19世纪帝国的扩张使得以前限于一国内的地域职能划分扩展到了世界范围,宗主国的大都市(metropolis)是经济、政治、文化中心,而偏远的殖民地地区开始行使乡村的职能,成为原材料和劳动力的输出地②。劳伦斯以"新世界"(new world)为故事背景的小说作品中,新型的边界体验成了主要叙事线索,自我与他者之间的正面冲突是他在这一阶段探讨的主题。受原始主义的影响,劳伦斯始终认为原始文化(在他的作品中主要以美洲印第安人为代表)是西方文明的重要补充,或者说是解决西方社会问题的终极答案。正如他在一封写自墨西哥的信件中所说,"空间中一只手是不够的,他需要来自异端的另一只手来击掌或搭成一座桥。一只暗色的手和一只白色的手"③。而他所要做的,就是去认识和探索处于黑暗深处的人性的另一种状态。

首先,对于劳伦斯来说,他者处于神秘的未知世界,他们

---

① Homi Bhabha, *The Location of Culture*, London and New York: Routledge, 1994, p. 37.
② Raymond Williams, *The Country and the City*, New York: Oxford University Press, 1973, p. 280.
③ Warren Roberts, James T. Boulton, and Elizabeth Mansfield, eds, *The Letters of D. H. Lawrence*, Vol. IV, Cambridge: Cambridge University Press, 2002, p. 520.

"并不与当下自我联合,而是在黑暗中与其并存"[1]。故他者只能被认识、被承认,却无法被了解,因而也是无法被"翻译"的。因此,与他者正面交汇的过程不是将未知转化为已知,或者说把他者纳入主体的认知体系,而是始终将他者视为一种独立的存在,并对其存在进行密切感知。然而,若涉及对他者的再现和书写,则必然要借助于认知和翻译,因而也就必然会被"翻译"。这种现象也正是斯皮瓦克所认为的"再现"与"他者性"的悖论。在斯皮瓦克看来,在现实的体验中,他者性与作为主体镜像与自我同在,并有其自身的核心价值,但这种价值只有在同一话语场域中才能可知,因为作为存在的他者是"不可译的"。而作为文学作品主角的他者是一种再现,其本质是一种建构、掌握和控制。这两者的差异,对于霍米·巴巴来说,便是"文化多样性"(cultural diversity)与"文化差异"(cultural difference)的差别。在巴巴看来,"文化多样性"是"一种认识论的知识对象",它缺乏意识形态的力量;而"文化差异"则是"将文化作为知识性的、权威化的、能够纳入文化身份体系来建构的阐释过程"[2]。劳伦斯作品中的主人公,便是从体验"文化多样性"的目的出发,却最终与"文化差异"遭遇。

其次,劳伦斯作为白人,对他者的书写很大程度上遵循西方游记小说的传统,是对异域风情和文化的记录,并将其呈现给对异域文化充满浓厚趣味的西方读者。只是劳伦斯又以一个作家的敏锐性,注意到此过程中他者对白人自我身份构建的重要作用,

---

[1] D. H. Lawrence, *Studies in Classic American Literature*, Ezra Greenspan, Lindeth Vasey and John Worthen, ed., Cambridge: Cambridge University Press, 2003, p. 199.

[2] Homi Bahbah, "The Commitment to Theory", in *The Location of Culture*, London and New York: Routledge, 1994, p. 34.

以及来自他者的对认知暴力的反抗。在他的"新世界"系列小说里,随处可见来自印第安人对白人的嘲弄,也有白人在与他者互动过程中对自我的反思,正如有论者指出的那样,"这是一种潜在的去殖民化征兆,(白人)优越性盔甲最开始的裂缝,也是殖民对象对殖民者真实感受的最初的提示"①。

  正是因为这些隐含的悖论性现象,劳伦斯的"新世界"小说充满不确定性。《公主》《骑马出走的女人》《羽蛇》和《圣·马尔》都围绕种族、性别和阶级冲突展开,却没有一部对此表达坚定的立场,也并未就冲突的解决给出确定的结果和答案。从这个意义上来说,劳伦斯与其他同时代以旅行为写作题材的作家有很大不同。比如,在他的作品中找不到如吉普林(Rudyard Kipling)作品中那样具有完整而统一的主体性的主人公。常常可以看到的是,其笔下主人公的内在自我时不时被异质文化或者自我怀疑冲击,从而丧失连续性和统一性。劳伦斯也不像康拉德(Joseph Conrad)那样,将原始人及其文明划入黑暗的中心,它的神秘从未被认知,也没有任何人性可言,而非洲黑人的命运则由此完全尘封在未知和白人对食人生番的恐惧中。福斯特(E. M. Forster)的作品对劳伦斯产生过一定影响。劳伦斯曾经跟福斯特有过交往,也曾拜读过他以在印度的亲身经历为素材而写就的小说《印度之行》(A Passage to India),在此之后,劳伦斯也创作了以他在墨西哥的经历为背景的小说《羽蛇》。福斯特的《印度之行》超越了吉普林等小说家固有的传统叙事视角,并没有将文化他者作为巩固帝国意识的工

---

① Mark Kinkead-Weekes, "Decolonising Imagination: Lawrence in the 1920s", in *The Cambridge Companion to D. H. Lawrence*, Anne Fernihough, ed., Cambridge: Cambridge University Press, 2001, p. 70.

具,而是让笔下的主人公主动参与到印度民族命运的讨论中,但他显然并没有超越白人殖民者视角,对殖民者与被殖民者是否能够达成相互理解和融合的问题,福斯特明显持否定态度。而劳伦斯并不满足止步于边界的状态,在小说《羽蛇》中,他最终突破了西方人的傲慢,大胆将西方文明与阿兹台克人的文化相融合,从而加深两种文明之间对话交流的程度。这样的融合,不仅拓展了墨西哥人的文化身份边界,同时也在改变着殖民者的身份认知。可以说,劳伦斯的作品中并没有体现其他作家那样坚定的民族身份感和民族意识,文化他者也并非仅仅是在主体自我身份认知过程中充当镜像的工具,他的作品充满了面对他者时的自我怀疑与矛盾情感(ambivalence)。

"矛盾情感"作为一个心理分析术语,指人对某人、物或行为同时产生的排斥和吸引的心理状态。霍米·巴巴将这一概念引入后殖民理论,用以描述殖民者与被殖民者之间相互吸引又相互拒斥的复杂状态。巴巴的解读填补了萨义德理论的空白,他较有创建性地指出,殖民者与被殖民者之间并非只是对立,并且殖民者在这场对抗中也并不具备绝对的权威与优势。在巴巴看来,殖民者在与被殖民者接触的过程中,由于受到自己无法理解的异域文化的冲击,殖民者主体的疆界会变得不稳定,从而产生身份认同的疑虑,而这就是矛盾情绪的由来。如果说萨义德的表述将被殖民者置于全然弱势的地位,那么在巴巴所谓的矛盾状态中,被殖民者不再只是被动的受害者,而是具有反抗和抵制能力的主体,与殖民主体存在协商和交流的可能。萨义德与巴巴相比,与其说是理论上的欠缺,不如说是观察角度不同。萨义德在后期的作品如《文化与帝国主义》中已经注意到来自被殖民者的反抗,他将其称为"驶入的航程",

但他的切入点始终是既已成形的历史状态,而霍米·巴巴的角度则更多倾向于主体与他者正在接触过程中的即时问题,这恰恰是两者接触的临界状态,具有混杂与模糊的特点,对此他写道,"文化对抗与政治对抗就不能简单地定义为一种二元接触"①。

用超越二元论的思维来看待文化与政治的对抗说明,巴巴已经触及处于边界状态的文化间性,由此巴巴也提出自己的过渡空间模式,即"第三空间",探讨相互接触的两种文化商榷和对话的可能性。而20世80年代以后也出现了对边界商榷现象的研究,这些研究更加深入地讨论了边界对主体性的影响。"接触域"(contact zone)是由玛丽·路易斯·普拉特(Mary Louise Pratt)提出的重要理论概念,在她看来,跨文化(transculturation)就是一种接触域现象。不过,她更在意的是其中隐含的权力话语结构,在《帝国的注视》(*The Imperial Eyes*)一书中,她将"接触域"定义为"殖民遭遇空间,一个地理和历史分割开来的不同民族遭遇相逢、交往互动的空间,常常涉及强制、极端不平等和难分难解的冲突等因素"②。普拉特本意是要将文化间性上升到后殖民文化批判的高度,并借由对18世纪以来西方世界游记文本的分析,反思知识权力对边缘和异质文化的构建、排挤和打压。在她看来,旅行写作就是对异域文化的殖民阅读,有助于"生产其他世界"。然而,她也注意到接触域的对话本质,看到了跨文化接触过程中互动和瞬时特征,"这样殖民者与被殖民者、旅

---

① Homi Bhabha, "Editor's Introduction: Minority Maneuvers and Unsettled Negotiations", *Critical Inquiry*, special issue on "Front Lines/Border Posts" 23: 3 (Spring 1997), Chicago: University of Chicago, p. 439.

② Mary Louise Pratt, *Imperial Eyes: Travel Writing and Transculturation*, London: Routledge, 1992, p. 6.

行者与'旅行对象'之间不再处于分离或隔离状态。而是在极端不对称的权力关系中形成共存互动、如环相扣的理解和实践"①。普拉特的研究打开了一个缺口,让人们注意到殖民者主体与被殖民者之间可能存在的差异和对话模式,而嘉贝丽·施瓦布(Gabriele Schwab)更加深入地分析了主体性的边界问题。她借用 D. W. 韦尼柯特与安东·埃伦兹维格的理论,提出主体嬗变遵循的是过渡空间中持续不断的差异化、反差异化和再差异化的过程。也就是说,过渡空间的边界问题主要导致对主体边界的重构,而身份总是暂时的幻象,任何干预事件都会使之发生改变。因此,主体性也是一种延异的滑动现象,存在持续的动态变化。

可以看出,身份和文化都不再具备本质主义意义上的连续性和统一性,也不存在殖民主义、种族主义和民族主义所专注的某种终极意义。不管是殖民者还是被殖民者,都在跨文化接触过程中,通过对异质文化或是拒绝或是内化的过程,主体的边界变得模糊。因此,主体性嬗变并不是一种单边活动,也不是只有被殖民者才面临主体边界被侵袭和改写的局面,殖民者本身在与异域他者及其文化接触的过程中,也在不断消解、拓展或超越自我边界,并重构新的自我。诚然,在这一双向流动的过程中,主体对于来自外部的僭越会有拒斥的反应,并启动防御机制,由此引发激烈的对抗。但同时也存在更加柔和的模式,它将异质文化内化,使之与自身融合。在此过程中,弱势文化与强势文化、殖民者与被殖民者甚至施暴者与被施暴者之间存在一个对话和互动的空间,并由此建立一种多元的文化认

---

① Mary Louise Pratt, *Imperial Eyes: Travel Writing and Transculturation*, London: Routledge, 1992, p. 7.

同机制。

科技的发展使今天的我们能够随意跨越地理的疆界,与世界各地的人交流往来。跨文化接触似乎已经成为现代人生活的常态,人们在日常生活中也不断面临来自不同地区不同文化的冲击,可以说,现代人的主体性时时刻刻处于一种边界状态。而劳伦斯的旅行书写生动而完整地再现了这种处于边界的矛盾状态。在他的文本中,既可以看到主体与他者的激烈对抗,也可以看到两者对话的可能性。对劳伦斯墨西哥小说中各种文化、政治、历史问题的探讨有助于揭示与他者性遭遇过程中的主体性变化。最终,借助小说揭示的个人和集体文化身份改变的轨迹,生活在多元文化并存世界的我们可以知道,如何在与异质文化竞争过程中言说自我、界定自我,并重构自我的文化身份。

二 劳伦斯研究现状

作为英国文学史上最受争议的作家之一,劳伦斯在文学界的地位在他去世后才得以奠定。他颇具才华且极度高产,在他短暂的一生中,一共创作了十部长篇小说,以及大量短篇小说、诗歌、散文和剧本若干。他在英国当时的知识分子社交圈也相当活跃,但一直未能得到广泛认可。由于劳伦斯的小说颇具现代主义的试验风格,并在其中引入大量毫无顾忌的性描写,导致其作品一度被禁,一直到20世纪六七十年代才正式跻身经典作家行列。1930年劳伦斯离世之后,大量相关回忆录与纪念文章随之问世,自此劳伦斯才开始受到评论界的密切关注。而在此之前,受T.S.艾略特与约翰·米德尔顿·莫里(John Middleton Murry)及其主办的文学评论杂志的影响,劳伦斯及其作品一直被置于文学殿堂的角落不被承认，甚至被认为是病态、不入流的作家①。即便如此，也有一小部分作家和评论家认识到劳伦斯的非凡才华。福斯特（E. M. Forster）就把劳伦斯视为当时最伟大的小说家；阿诺德·贝内特（Arnold Bennett）更是宣称，"在我们的时代，没有比劳伦斯最好的作品更好的了"②。劳伦斯也颇受左翼文学家青睐，奥登（W. H. Auden）、斯宾德（Stephen Spender）等都对其赞赏有加，斯宾德甚至将劳伦斯视为最伟大、最先进的革命家③。而在劳伦斯众多的拥护者中，影响和贡献最大的则是剑桥大学讲师李维斯（F. R. Leavis），他甚至专门创办了评论刊物 Scrutiny 来为劳伦斯辩护和正名。通过大量引用劳伦斯的书信、散文等私人作品，李维斯富有激情地驳斥艾略特等人对劳伦斯的偏见，并指出劳伦斯的重要性在于其为解决现代文明的危机指明了方向。对此，他毫无保留地指出，"劳伦斯本人比他的作品还伟大"，也是"他的时代最好的文学评论家"④。1955 年，李维斯将 Scrutiny 中的篇目选编成集，以

---

① 劳伦斯去世后一年，莫里所著传记《女人之子：D. H. 劳伦斯的故事》（Son of Woman: The Story of D. H. Lawrence）出版，书中他将劳伦斯塑造成一个怀才不遇、抱负难以施展的人，认为他并不是在进行"艺术"创作，而是讲述自己的精神历险。对劳伦斯持同样看法的艾略特对这本书赞赏有加，认为"这是莫里写得最好的一本书"（See R. P. Draper, ed., D. H. Lawrence: The Critical Heritage, London and New York: Routledge, 1970, p. 359）。在艾略特看来，劳伦斯的艺术创造是一种"失败"，他的叙述表明他"精神上的自大""无知""怪诞"。他对劳伦斯的评价相当不客气，甚至充满攻击性的言语：我得承认这是一个悲剧人物，对他的理解和客气会是一种极大的能力上的浪费。我们会被他所营造的世界氛围毒害，放弃则长吁一口气（p. 364）。

② H. Goombes, ed., D. H. Lawrence: A Critical Anthology, Harmondsworth: Penguin Books, Ltd., 1973, p. 222.

③ See Stephen Spender, The Thirties and After: Poetry, Politics, People, London: Macmillan, 1978, pp. 41–45.

④ See Anne Fernihough, ed., The Cambridge Companion to D. H. Lawrence, Cambridge: Cambridge University Press, 2001, p. 258.

《小说家 D. H. 劳伦斯》(*D. H. Lawrence, Novelist*)为名出版。此书不仅奠定和巩固了劳伦斯经典作家的地位,也激发了评论界对劳伦斯其人及其作品的积极关注和深入探讨①。20 世纪 60 年代初期,《查泰来夫人的情人》(*Lady Chatterley's Lover*)解禁之后,劳伦斯的小说一度成为畅销作品,即便是饱受争议的性描写也得到了更为正面的评价,人们认识到劳伦斯作品的思想意义,看到他对工业文明中盛行的实用主义文化所作出的深刻反思,同时也意识到劳伦斯作为光复人性的先知的价值。也正是在这一时期,大量以劳伦斯作品为主题的文学评论涌现,甚至有了专门的劳伦斯评论期刊《D. H. 劳伦斯评论》(*D. H. Lawrence Review*)。据该杂志的创刊主编詹姆斯·考文(James C. Cowan)统计,整个 60 年代与劳伦斯相关的专著和评论文章不少于 1400 部/篇。到了 70 年代,女权主义者凯特·米利特(Kate Millitt)再次将劳伦斯卷入争论的旋涡,她在代表作《性政治》(*Sexual Politics*)中用一整个章节来讨伐劳伦斯的"男性至上主义"思想。米利特在书中指出,劳伦斯只是在表面上提倡男女双方的共同权益,但实际上却是在主张阳物崇拜,甚至劳伦斯的几部长篇小说都是他"个人对抗现代女性的战斗"②。米利特的观点再次将劳伦斯拉入深渊,在评论界引发了对劳伦斯作品的重新审视,此后劳伦斯评论一度陷入低谷,劳伦斯作品被束之高阁,即便有人关注,也在依循米利特所奠定的女权主义批评基调,有论者观察到,"整个 80 年代几乎没有女性对劳伦斯有好的评价"③。

---

① 这一时期出版的劳伦斯评著包括:Mark Spilka, *The Love Ethic of D. H. Lawrence* (1955); Graham Hough, *The Dark Sun* (1956); Eliseo Vivas, *D. H. Lawrence: The Failure and the Triumph of Art* (1960); Julian Moynahan, *The Deed of Life* (1963) 等。
② Kate Millett, *Sexual Politics*, London: Rupert Hart-Davis, 1971, p. 263.
③ Sheila MacLeod, *Lawrence's Men and Women*, London: Paladin, 1985, p. 11.

劳伦斯墨西哥小说殖民话语与主体性嬗变

随着20世纪70年代后第二波女权运动落幕,劳伦斯又重新回归评论界的视线,各种评论研究进一步深入,劳伦斯其他体裁的作品开始受到关注,人们也开始从更广范围的视角审视劳伦斯作品的美学和思想价值。自此,劳伦斯研究经久不衰,甚至影响了后来几代的文学家和文学评论家。美国诗人卡尔·沙普诺(Karl Shapiro)曾说,"每个美国作家都受惠于劳伦斯",爱尔兰诗人希尼(Seamus Heaney)认为,除了莎士比亚,没有人能像劳伦斯那样如此致力于现世生活,而近代颇具影响力的评论界巨擘哈罗德·布鲁姆(Harold Bloom)则认为,劳伦斯具有一个作家难以言表的力量[1]。早期的劳伦斯评论大多从历史与伦理的角度切入,探讨劳伦斯对工业文明的鞭挞,以及他在两性关系框架下对新型的人与他人、自然、自我关系的形塑。到了20世纪,随着人文科学的蓬勃发展,特别是新批评、新历史主义和文化研究的介入,劳伦斯研究界也逐步脱离旧的研究范式,呈现更加多元的趋势。人们开始关注劳伦斯的泛神论、生态意识,甚至出现了劳伦斯作品电影版本的研究。贝克特(Fiona Becket)把劳伦斯研究划分为四个类别:①心理分析批评,研究劳伦斯创作中对弗洛伊德和荣格理论的借用,或者以心理分析理论去剖析潜藏在文本内部的作者潜意识;②劳伦斯与社会,探讨劳伦斯小说中的社会文化意识以及相关政治主张;③女性主义批评,主要关注劳伦斯的两性观点及其对女性的态度;④劳伦斯的语言特征,劳伦斯的叙事策略与语言艺术形式[2]。讨论对象依然是比较著名的几部长篇小

---

[1] See Virginia Crosswhite Hyde and Earl G. Ingersoll, ed., "*Terra Incognita*": *D. H. Lawrence at the Frontiers*, Madison: Faileigh Dickinson University Press, 2010, p. 16.

[2] See Fiona Becket, *The Complete Critical Guide to D. H. Lawrence*, London and New York: Routledge, 2002.

说，如《儿子与情人》《虹》《恋爱中的女人》以及《查泰来夫人的情人》，而劳伦斯晚期旅居生涯中创作的作品却鲜有提及。克里斯·巴尔迪克（Chris Baldick）在总结劳伦斯的研究脉络时指明了未来研究可能的方向，他认为劳伦斯后期的作品如《圣·马尔》（*St. Mawr*）、《鸟、兽与花》（*Birds, Beasts and Flowers*）、《墨西哥晨曦》（*Mornings in Mexico*）与新时代的文化现象更为贴近，应该可以纳入劳伦斯的经典作品。虽然巴尔迪克意识到了劳伦斯晚期作品的价值及其重要性，但他未能明确给出具体研究方向或列出相关研究材料，这说明涉及劳伦斯后期作品的研究确实乏善可陈。

实际上，劳伦斯在美洲游历期间所创作的作品未能得到足够关注是因为大家普遍认为它们没有太大的研究价值，并且因为情节较弱的问题而备受诟病。最早的关于劳伦斯"新世界"作品的评论来自刘易斯（Wyndham Lewis），他认为这些小说都是劳伦斯的感性之作，以牺牲白人为代价来塑造理想中的印第安人[①]。劳伦斯的传记作家约翰·沃森（John Worthen）也认为，《羽蛇》更多是一部私人作品，而不是一部公共作品，"它所讲述的更多是劳伦斯本人，他的感受、抱负、兴趣和期望，而非我们自身或者我们的未来"[②]。随着萨义德、斯皮瓦克、霍米·巴巴等若干后殖民理论家的广泛传播，殖民主义、东方主义、族裔散居、霸权与反霸权的对抗等现象成为研究热点，人们越来越关注不同文化的冲撞、交流与融合。也是在后殖民批评热潮的影响下，人们开始关注劳

---

① See Wyndham Lewis, *Paleface, the Philosophy of the "Melting-Pot"*, London: Chatto and Windus, 1929, pp. 169-198.
② John Worthen, *D. H. Lawrence and the Idea of the Novel*, Basinstoke: Macmillan, 1979, p. 166.

伦斯晚期以美洲为背景的小说，因为劳伦斯的"新世界"系列中关于西方殖民国家人民与异域他者之间的关系可以作为后殖民视域下的焦点来阐释。

　　与大多数西方作家不同，劳伦斯并没有将亚洲和非洲的殖民地国家作为他旅行的目的地，他选择了美洲，墨西哥人和印第安人成了他主要的书写对象。正因如此，劳伦斯被视为"第一个亲身经历墨西哥并以此为素材向英语国家公众写作的主要作家"①，甚至可以说是"英美文学界以墨西哥为背景的最重要的作家"②。大多数评论在探讨文本中潜藏的权力关系时，都会以东方主义的话语模式为出发点，将劳伦斯视为典型的英国殖民者，把他对墨西哥现状的观察与再现归为典型的帝国思维，认为小说不过传达了白人的权威和种族主义思想。学者凯瑟琳·波特（Katherine Anne Porter）就认为，劳伦斯对印第安人的再现"过多涉及一些先入之见与简单的偏见"③；唐纳德·沃克（Ronald G. Walker）将劳伦斯对墨西哥社会结构和政治体制的厌恶归为典型的对墨西哥社会改革的英式批判④；谢拉·康特拉斯（Sheila Contreras）在分析劳伦斯对印第安神话和仪式的描述时，留意到劳伦斯透露出的种族主义意识⑤；而查尔斯·罗斯曼（Charles Rossman）则直接指出《羽蛇》就是"墨西哥应该

---

① Ronald G. Walker, *Infernal Paradise: Mexico and the Modern English Novel*, Berkeley: University of California Press, 1978, p. 26.
② *Drewey Wayne Gunn, American and British Writer in Mexico, 1556-1973*, Austin: University of Texas Press, 1974, p. 123.
③ Catherine Anne Porter, "Quetzalcoatl", in *the Collected Essays and Occasional Writings of Katherine Anne Porter*, Boston: Houghton Mifflin, 1970, p. 422.
④ Ronald G. Walker, *Infernal Paradise: Mexico and the Modern English Novel*, Berkeley: University of California Press, 1978, p. 20.
⑤ Sheila Contrares, "'They were Just Natives to Her': Chilchui Indians and 'the Woman Who Rode away'", in *D. H. Lawrence Review* 25.1-3 (1993): pp. 91-103.

是什么样的另一个白人版本"①。也有极个别研究者得出截然不同的结论,认为劳伦斯具有反殖民的潜质。金基德—威克斯(Mark Kinkead-Weekes)就认为,劳伦斯是唯一"能够想象到被殖民者必然要对殖民者有所反抗,以及他们将自己去殖民化的心理需要是什么"的作家,他甚至认为,劳伦斯对殖民主义受害者的理解如此深刻,以至于他的思想"超前于他所处的时代很多年"②。截然相反的结论揭示出一个问题:非此即彼的讨论框架并不能涵盖跨文化接触中蕴藏的各种复杂又微妙的可能性。即便是这种批评方式的发起者萨义德在后期作品中也承认,自己的"东方主义"落入了与"西方中心主义"相同的本质主义陷阱,并转向研究观念和理论的"旅行",以更多元的视角突出各种跨文化行为的流动性与双向性。在较为新近的研究中,有人注意到劳伦斯作品中的文化差异问题,但主要集中在劳伦斯所提出的"地之灵"上③。其实,劳伦斯书写"地之灵"展

---

① Charles Rossman, "D. H. Lawrence and Mexico", in *D. H. Lawrence: A Centenary Consideration*, Peter Balbert and Philip L Marcus, eds., Ithaca: Cornell University Press, 1985, p. 198.
② See Mark Kinkead-Weekes, "The Gringo Senora Who Rode away", in *D. H. Lawrence Review* 22: 3 (1990) pp. 251-265; and "Decolonising Imagination: Lawrence in the 1920s", in *The Cambridge Companion to D. H. Lawrence*, Anne Fernihough, ed., Cambridge: Cambridge University Press, 2001, pp. 67-85.
③ "地之灵"是劳伦斯旅行作品中最重要的概念,他后期的作品都在致力于呈现这种异域体验。劳伦斯在《经典美国文学研究》(*Studies in Classic American Literature*)的导论中阐释了"地之灵",他写道:每一个大陆都有它自己伟大的地之灵,每一个民族都被某一特定的领域吸引,这就是家乡和祖国。地球表面上不同的地方具有不同的生命力,不同的振幅,不同的化学气体,与不同恒星形成的特殊关系……。尼罗河流域不光生产玉米,还造就了埃及那了不起的宗教。中国造就了所有中国元素,并且还将继续下去。终有一天,旧金山的中国人将不成其为中国人,因为美国是一个大熔炉,会将他们融入(p.12)。劳伦斯的"地之灵"实际就是想强调各地独特的文化,而他在文中所呈现的与不同地域"地之灵"碰撞正是一种差异体验。

示跨文化交流过程中的异质性体验，这源于他在旅途中体会到"不同的地方具有不同的灵性"①。然而，在大多数评论家眼里，劳伦斯对差异性的强调源于他对工业文明的批判，并不是像一个后殖民理论家那样具有平权思想和民族主义的政治诉求。他们要么持有生态主义的观点，只考虑劳伦斯自然景观描写的美学意义，认为劳伦斯笔下的自然完全被人性化了，人与自然相互作用、相互影响，成为不可分割的共同体②；要么着眼于文本中的美洲大陆与印第安人的相互关系，以及新来者与原居民的矛盾与冲突，认为劳伦斯无法摆脱自身文化的影响，"和大多数白人一样，在细致入微观察印第安人文化和自然景观时，哲学焦点始终是西方"③。还有一部分人认为，尽管劳伦斯在强调差异和对印第安人命运的关注流露出某种反殖民倾向，但这并不足以说明劳伦斯就是反帝国主义者，应该将劳伦斯纳入整个西方殖民话语框架之内，没有任何生活在那一时代的欧洲人能够幸免于帝国思维④。

其实，评论界对劳伦斯的差异观依然没有摆脱预设立场的范式，并且多为基于其所持立场的自我归因。如果结合劳伦斯本人的观点，或许更能理解他的矛盾情感：

> 我们不应该主张绝对的事物或专制。让我们与一切丑

---

① D. H. Lawrence, *Studies in Classic American Literature*, New York: Penguin Books, 1977, p.12.
② Donald Guitierrez, "D. H. Lawrence's 'Spirit of Place' as Eco-monism", *D. H. Lawrence: The Journal of the D. H. Lawrence Society* (1991), p.41.
③ Wayne Templeton, "'Indians and an Englishman': Lawrence in the American Southwest", *The D. H. Lawrence Review*, 25, No.1-3 (1993&1994), p.30.
④ Howard J. Booth, "Lawrence in Doubt: A Theory of the 'Other' and Its Collapse", in *Modernism and Empire*, Howard J. Booth and Nigel Rigby, eds., Manchester and New York: Manchester University Press, 2000, p.219.

引　言

恶帝国主义的专制决裂，就这一次，直到永远。并没有绝对的好，也没有绝对正确的事物。所有的一切都在流动和变化，即便是改变也并不绝对。整体是所有显然不一致的部分的奇怪组合，它们在内部从一个滑向另一个①。

以上文字表明，劳伦斯不仅能看到并承认差异，更能够洞察到海德格尔式的存在，这是一种非本质主义意义上的延异和滑动。如此看来，如果还是过度强调劳伦斯的帝国主义者身份与权力话语，那就未免有些以偏概全。其实，劳伦斯笔下的"地之灵"正是一种边界体验，在此过程中，接触的双方不断与差异性遭遇而对自我边界进行调节，并在经历一系列的变化之后，将边界融合或重新划定，由此存在也变成表现多元化倾向的杂糅。在西方人着眼于明确的身份和立场时，国内学者陆建德注意到了劳伦斯"地之灵"的内在含义。在他的论文《地之灵——关于"迁徙与杂交"的感想》中，他从劳伦斯的"地之灵"出发，探讨了当代后殖民学说所强调的文化交流与衍变。在论述过程中陆建德指出，劳伦斯的"地之灵"是一种中性的概念，认为劳伦斯在提倡自由的同时，也注意到了各地的差异及其独特的文化血脉②。可以说，陆建德的观点更接近劳伦斯本人的主张，即存在不是一种"绝对"，在遭遇差异的碰撞之后，虽然会产生一些变化，虽然会带来变化，但也会有旧的存在部分保留，因此文化交流其实是一种对抗与协商并存的机制。正因如此，无论说劳伦斯是忠实的帝国主义者，还是具有反殖民

---

① D. H. Lawrence, *Phoenix*: *The Posthumous Papers*, Edward D. McDonald, ed., New York: Penguin Books, 1978, p.536.
② 陆建德:《地之灵——关于"迁徙与杂交"的感想》,《外国文学评论》2001年第3期, 第5-10页。

倾向，或者是"文化达尔文主义"①，都没能真正理解劳伦斯的矛盾，不仅如此，反而加深了这种矛盾感。正如唐纳德·契提瑞兹（Donald Guitierrez）所评述的那样，劳伦斯笔下的外部世界与自我是一种"主体对主体的关系"②，虽然他意在阐释劳伦斯对自然的人性化描写，却恰巧道出了问题的实质，即劳伦斯并不是在描绘主体与他者的关系，而是书写主体与主体的正面碰撞。如果将劳伦斯置于一个预设的立场，则表明这是对抗的结果，因为只有短兵相接才有输赢可言。而主体之间应该还有相互的对话与回应，结果并不是非此即彼，而是边界不断的打破与重建，主体双方的解构、建构与重构，劳伦斯的矛盾性正是这一过程的集中体现。因此，对于劳伦斯的后期作品而言，去考察研究其中体现的主体与主体的对抗与对话，或许更能看出在跨文化交流颇为频繁的时代，主体性的流变过程与发展方向。

与国外卷帙浩繁的劳伦斯研究相比，国内的相关研究总体还是比较单一与滞后。中国最早在民国时期便开始了对劳伦斯作品的译介，徐志摩、郑振铎、郁达夫等文化名人早在20世纪

---

① "文化达尔文主义"是迪桑纳雅克（Dissanayake）与维卡马葛马格（Wickamagamage）合著的《自我与殖民欲望：V. S. 奈保尔的游记作品》（*Self and Colonial Desire: Travel Writings of V. S. Naipaul*）一书中所提出的概念，他们认为：将栖居在西方游记作者观察地的土著人驯化的一种方式便是将他们置于进化阶梯上，即将他们视为生活在西方人数世纪以前就已经历过的人类演化的某一阶段。在这种情况下，西方人的生活转化为判断所有其他社会及其生活方式的话语中心。这种叙述手法是所有殖民文本的核心立场（Wimal Dissanayake and Carmen Wickamagamagem, *Self and Colonial Desire: Travel Writings of V. S. Naipaul*, NewYork: P. Lang, 1993, p. 13.）。劳伦斯在作品中也流露出类似立场，将原始人视为不开化、处于前文明时期的低等人。

② Donald Guitierrez, "D. H. Lawrence's 'Spirit of Place' as Eco‐monism", *D. H. Lawrence: The Journal of the D. H. Lawrence Society* (1991), p. 48.

20年代便开始了对劳伦斯诗歌和小说作品的翻译。早在劳伦斯还未被西方世界广泛认可前,郁达夫就曾预言,"福斯特及现在盛行的乔伊斯与赫胥黎和劳伦斯,怕要成为对二十世纪的英国小说界影响最大的四大金刚"①。而后虽然经历过一段时间的停滞,但国内对劳伦斯的兴趣一直经久不衰。由于劳伦斯写作题材的敏感性,国内的劳伦斯研究一直到20世纪80年代才发展起来。虽然数量上不断突破,但形式上比较单一,以论文居多,专著则成果寥寥,只有蒋家国的《重建人类伊甸园——劳伦斯长篇小说研究》、罗婷的《劳伦斯研究》、冯季庆的《劳伦斯评传》专门分析探讨了劳伦斯的生平和多部小说作品,具有较高的学术参考价值。论文研究大体分为主题研究、生态研究、女性主义研究、艺术手法研究以及叙事和文体学研究等,但国内学者只集中关注劳伦斯影响力最大的几部长篇小说,对其后期作品鲜有提及,更不用说专门讨论其中的旅行者与异域文化的各种碰撞与关联了。综上所述,国内的研究与国外相比,其研究范围和关注点依然停留在比较粗浅和单一的层面。

三 相关理论与方法

本书主要基于后殖民理论和文化批评的方法,在文本分析、历史文献研究的基础上,以空间、身体和社会为切入点,重点探讨劳伦斯的墨西哥系列小说体现的殖民者与他者在个体和集体层面上的对抗与对话,指出劳伦斯小说反映的殖民者意识并不是一种本质主义的存在,而是因受到他者的搅扰与影响而处

---

① 谢天振、查明建:《中国现代翻译文学史》,上海外语教育出版社,2004。

于持续的动态变化中,这说明殖民话语并非霸权式的单向侵袭,而是具有双向流动倾向,文化身份也绝非一成不变,而是在动态交流过程中趋向混杂。

"后殖民"(post-colonial),顾名思义,它首先是一个编年意义上的概念,最早见于历史学家和政治学家的著作,单指去殖民(decolonization)之后,各种政党和政府取得机要部门的控制权,将它们的职能由原来的殖民统治和管辖转化成为新的领导阶层和政治利益服务。20世纪70年代末开始,"后殖民"被一些文学批评家用来描述前殖民国家(主要集中于亚洲和非洲)独立前后的各种社会、政治和文化现象。简言之,"后殖民"这一术语具有时间和空间上的内在限定,主要指20世纪初以来,亚洲、非洲等地各殖民地国家陆续取得政治独立的新格局。而后殖民理论,则指20世纪80年代后期到90年代初,以福柯和德里达的后结构主义和解构主义的"去中心化"思维模式为理论基础的西方思潮。它并不是科学意义上的理论,不指向某单一实体,而是整合了一系列相互关联且偶尔存在冲突或矛盾的视角,集中探讨了种族、族裔、历史、权力、边缘、中心、帝国等议题。总之,后殖民主义致力于解构西方和非西方的权力梯度,改变人们的思考方式,使不同种族之间的关系更加平等和公正。

随着后殖民研究的拓展和深化,它不再仅仅指涉某个历史分期和政治动向,而是在全球化背景下变得更为复杂和多元。在这一意义上,霍米·巴巴对后殖民的阐释更具代表性:

> 他们改变批评范围,致力于探讨文化差异、社会权力和政治歧视问题,并以此揭示现代性"重组"过程中冲突和矛盾的瞬间。……作为一种分析模式,它致力于修订那

些将第一世界和第三世界的关系设定为二元对立结构的民族主义或"本土主义"的教学法。后殖民视角反对整一形式的社会阐释,强调对存在于对立政治领域两极更加复杂的文化和政治边界的认识①。

可以看出,"后殖民"更加偏向于"后"这一学术背景,而不再仅仅局限于"殖民"这一历史背景,它打破现代性简化和整一的意识形态,消解了二元对立的政治体系,从而以不同角度解读更加多样、复杂的现实语境。后殖民主义批评方向从此由针对殖民主义抵抗的历史分期概念转化为解读取得独立后的殖民地民族和国家所面临的各种经济和文化矛盾,将文化差异、混杂、混合等复杂现象置于历史的前台。正是在这一批评转向的推动下,北美印第安人和拉美国家人民的生存现状开始进入后殖民视阈。

实际上,关于后殖民主义理论是否适用于拉美国家一直有较大争议。首先,处于后殖民批评中心的理论巨匠萨义德、斯皮瓦克、霍米·巴巴、法农等的成长背景均为亚洲和非洲新近独立的第三世界国家,他们在各自的著作中主要关注的也是各自所属国家的后殖民现象。以萨义德的研究为例,他的后殖民研究主要集中讨论英法帝国主义19世纪末以来的状况,讨论对象涵盖阿尔及利亚、印度等亚非前殖民地国家,美国在其中的作用也只涉及第二次世界大战以后,而美国曾为英法殖民地的历史背景,其内部对印第安人的殖民统治,以及从19世纪至今美国的帝国规划却并未深入探讨。由于在时间上,北美和拉美国家脱离欧洲宗主国并

---

① Homi K. Bhabha, *The Location of Culture*, London and New York: Routledge, 1994, pp. 171, 173.

取得独立大多发生在 19 世纪以前，且其人口组成中欧洲族裔占多数，而受到殖民统治的本土土著民族数量上属于小众，故他们的独立发展多被视为当地精英对不平等待遇的反抗，而非反殖民独立运动。斯皮瓦克就曾断言，"拉丁美洲并没有加入去殖民化进程"①。但是，这种严苛的范畴界定本身却问题重重，它非但没有注意到现实中墨西哥、巴西、秘鲁等拉美国家人口中印第安裔、非洲裔以及混血人口所占的较高比例，以及他们所遭受的压迫和奴役，其本身也成了维达尔（Vidal）所说的"技术主义批评"，具有单一化与理想化的特点。从中我们也可以看出早期后殖民主义研究一个最大的弱点，缺乏对作为最古老的欧洲第二大现代帝国西班牙的研究。因此，将北美和拉美地区纳入后殖民讨论不仅拓展了地理范围和时间跨度，更重要的是，它将后殖民的视野引入更加开放的境域，从而也增加处于从属地位的人民自立与反抗帝国主义霸权的可能性。

据此，本书采用的是扩展后的"后殖民"内涵，借用《逆写帝国》（*The Empire Writes Back*）中给出的定义，"后殖民"意指"从殖民时刻直至今日，所有受帝国进程影响的文化"②。新的"后殖民主义"不再囿于一隅，它变成了所有对抗殖民以及其他所有奴役形式的战斗场，同时也是具有创造性的跨文化接触场，更是知识和权力去殖民化的民主场，其意义和范畴都趋向复杂和多样。而这也使后殖民理论重新回到其发源的起点——多视角与兼容并蓄，简言之，其突出特征就是"越界"。

---

① Gayatri Chakravorty Spivak, *Outside in the Teaching Machine*, London and New York: Routledge, 1993, p. 57.
② Bill Achcroft, Gareth Griffins and Helen Tiffin, *The Empire Writes Back: Theory and Practice in Post-Colonial Literatures*, London: Routledge, 1989, p. 2.

引　言

正是这种跨越学科界限与突破审美限制的研究方法制造了后殖民主义批评与文化批评重叠的可能。

首先,文化批评也关注权力和身份问题。文化批评是以文化视角来关照文学,但不同于传统的"文化"定义,文化批评中的文化不再被定位在艺术和美学方面,而是更广范围和琐碎的日常生活中各种社会关系、社会意义以及社会权力纵横交错的演绎场。文化批评承接新历史主义的方法论,将历史视为权力的合谋,而时代的话语则被视作统治阶级话语。总而言之,"文化"一词具有强烈的权力意味和政治倾向。正是在这一背景下,萨义德将文化视为探索帝国主义运行机制的切入点,以此来探索将"我们"与"他们"区分的来源。而作为文化和帝国主义关系的一部分,萨义德首先选择了小说作为研究对象。在他看来,作家并非机械受制于意识形态、阶级或经济,相反,作家既然生活在特定的社会历史阶段,必然在塑造历史和社会经验的同时,也为历史和经验所塑造:

> 你读但丁或莎士比亚以便跟上所知所思的最好的东西,同时也在它们的光辉之中关照自己、同胞、社会以及传统。有时候,文化经常是以咄咄逼人的态势,同民族或国家联系起来;这样就把"我们"和"他们"区分开来,几乎总是带有某种排外倾向。文化在这一意义上,乃是一种身份资源[①]。

因此,小说是文化的一部分,而文化又是身份的标志,对于以异国游历经历为书写内容的小说来说,作者如何审视异域

[①] Edward Said, *Culture and Emperialism*, London: Vintage, 1993, p. xiii.

文化和他者身份，如何在与异域文化冲突的过程中审视自我身份，成了我们了解殖民社会权力格局的形成以及流变过程的主要途径。

其次，文化批评从理论来源和批评策略上都与后殖民主义批评不谋而合。文化批评并依附某个单一的学科体系，它涉猎广泛，几乎横跨包括心理学、语言学、政治学、经济学、历史学、哲学、美学、地理学甚至教育学在内的全部人文学科和社会学科。同时，它主张将文化"去中心化"和"去经典化"（decanonizing），其挑战中心主义和支配秩序的态势也与后殖民主义理论重合。因此，以文化批评的方式讨论劳伦斯小说的后殖民问题较为合理，不存在任何矛盾冲突。以论文所涉及的几部劳伦斯小说来看，其故事情节主要以游记的形式展开叙述，讲述了主人公在美洲大陆的见闻和遭遇；主题上展现作为帝国公民的主体与他者的正面碰撞；而内容上则涉及异域自然景观、建筑、交通设施等地理元素，印第安人的服饰、仪式、音乐等人文元素，以及种族、阶级、性别和政治局势等社会元素。正是因为后殖民主义理论和文化批评理论基础和方法论上的重叠，以及劳伦斯作品的独特背景和内容，我们在研究其作品的主体性边界及其与他者的互动时，以文化批评的方式切入，以后殖民理论为依托，可更全面地解读劳伦斯作品的文学和思想价值。

正是在这两种批评理论的关照下，我们可以更清晰地看到跨文化书写过程中主体性的建构和重构，揭示边界状态中处于对立的双方权力的抗衡和自我身份感的流变。这不仅为解读劳伦斯作品提供了全新的角度，也为跨文化交流更加频繁的今天的我们提供了剖析文化互动的复杂的种族、阶级和性别关系，加强自我身份意识，并保护自我文化的有利参照。

上篇
殖民主体空间意识的衍变

"空间"不仅是一种物理概念，也是一种哲学概念。空间本质上是一种构思，构思的内容涉及位置、大小、距离等实体范畴，当空间一旦被标记和命名，它就进入了人文领域，成为一种文化现实，不同的空间得以区分和归类，由此成为一种环境，在此环境中，特定的社群或社会组织开始形成，由此具有了身份。空间的构思进而成为主体构建不可或缺的一环。在空间参与主体构建的过程中，首要的便是对自我和他者的划分，由此也形成了一系列与空间相关的二元概念构建，如内部世界与外部世界、有限与无限、封闭与开放、静止与移动，并由此形成心理意义上的中心与边缘、已知与未知、友方与敌方以及安全与威胁等，这些概念在空间的文化建构上起到了核心作用，而这些概念又在很大程度上帮助主体解读现实，由此空间被赋予了意识形态的意涵。

文学作为一种模仿现实、反映现实的艺术，必然也涉及对空间的书写。在文学作品中，空间总是作为故事发生的场景出现，是小说中所发生的故事的"容器"，从这个意义上说，空间似乎只是作为一种背景而存在。然而，随着文化研究的兴起，人们越来越注意到空间特别是文学作品中空间叙事的哲学内涵，因此空间具有了巨大的解读价值。人们开始关注文学中的空间如何融入整个作品结构中去，并由此产生各种相互关联的意义。换言之，文学中的空间具有极强的话语性，是整个文化建构中不可或缺的一环。由此可见，在西方开启殖民扩张的进程之后，文学作品中的空间叙事很大程度上具备了殖民话语的特性。

  18世纪的启蒙精神不仅带来了理性的昌明和科技的发展，西方也随着工业化的推进而开启了全球范围的殖民扩张。在此过程中，资本主义发展模式随之改变，殖民地区取代了原来的乡村地位，源源不断地向宗主国输送原材料和廉价劳动力。所以，殖民进程实质上是在夺取欠发达地区的资源和财富，而这首先需要占有更多的土地才能实现，所以殖民主义的首要议题应该是一个地理问题。占有土地的过程也并不总是伴随着暴力血腥的烧杀劫掠，对于宗主国的臣民来说，它更是一种浪漫的历险经历，其中充满了对异域的美好想象。在这种浪漫情怀的驱使下，大量学者、行政官员、旅行家、商人、投机者、文化人士、艺术家以及各种不知名的普通民众怀着极大的热情开启他们的异国行程，其足迹遍及帝国势力所及之处。在为殖民进程作出重要贡献的同时，他们也带回了大量的文字材料，其中包括情报、科研记录、日记、书信以及小说、游记、散文等各类文学作品。前几类文字的影响有限，仅仅涉及小范围的特权人士，而文学作品特别是游记类的通俗文学作品，却在其广泛传播的过程中，将帝国精神深深嵌入西方人的集体无意识，并逐步形成一套固定的词汇、修辞和语用规范，成为西方近现代文化不可或缺的重要元素。正如萨义德所说，"所有文化都对原始事实进行修正，将其由自由存在的物体转变为连贯的知识体"①,所有关于殖民地的知识也经由西方文化汇编,形成特定的话语体系,从而折射出一定的权力关系。

如果仅就早期的文学作品而言,这种权力关系是单向的,就像斯皮瓦克在《庶民能说话吗?》中所断言的那样,他者始终沉默。也就是说,权力是白人殖民者主体直接施加于殖民地他者,而这种主体与他者对立关系的解读方式显然是建立在黑格尔的主奴辩证法哲学之上。黑格尔的理论将自我意识的形成纳入中心—边缘结构框架,主体是自在自为的存在,而他者对于主体来说虽然是必需的存在,但也只能依赖于主体,因而双方的关系并不平等,他者充其量只是一种工具意义上的必需。由此不难看出,主体自我意识的形成基于工具理性,在这种框架之下,任何他者其实都是自我的投射。所以在殖民进程早期的文学作品中,作者对空间的书写很大程度上体现出工具理性自我将他者视为认知和征服的对象,其存在是为了给作为主体的西方人提供各种实用价值。而到了19世纪末20世纪初,建立在个人主义和工具理性上的西方社会走向崩溃的边缘,经济危机、政治危机、文化危机频频出现,直至两次世界大战爆发。巨大的社会危机让西方人开始反思以个人为中心的自我意识,并开始对工具理性发起抨击,在此过程中殖民者从殖民地带回的见闻和文化艺术作品也起到了巨大的推动作用。正如学者比尔·阿希克洛夫特在《逆写帝国》中所指出的那样,19世纪末20世纪初西方对现实主义的突破和现代主义的尝试,源于西方和"他者"的遭遇经历。"他者"文化,尤其是他们的艺术品,不仅新颖,而且遵循着极端不同的原则,对欧洲美学的基本假设,

---

① 萨义德:《东方学》,王宇根译,三联书店,2011,第86页。

及其文化的自我概念提出了质疑。如其所言,"非洲文化史一种解放了的酒神狄俄尼索斯力量,撼动了 19 世纪资本主义社会的阿波罗式确信"①。

其实,这种质疑也带来了对个人主义的主体性的全面反思。如果从自我意识中能够推导出个体的完整性和独立性,那么其实每个人都是一个自主的存在物。正是由于这个原因,20 世纪哲学开始把关注点转向他人。海德格尔就对自我和他人的共在作出过系统论述:"世界向来已经总是我和他人共同分有的世界。此在的世界是共同世界。'在之中'就是与他人共同存在。他人的在世界之内的自在存在就是共同此在。""此在本质上就自己而言就是共同存在。"② 既然是共在,那么他者对于自我而言就不再是工具般的为主体服务的存在,而是一种与自我平等的存在,自我与他者之间就不再是主与奴的关系,而是主体间的关系。当"主体间性"的概念被用来指涉我与他的关系时,他者在人与人或人与物的关系中的价值便被提到了前台。

人们对空间的理解其实也与这一变化过程相符。学者普拉特(Mary Louise Pratt)对西方的空间书写有过较为精准的总结,她指出,早期的空间再现其实是一种"皇室的审视"(the monarch of all I survey),对空间的发现是"把当地的知识(话语)转化成欧洲国家或者整个欧洲的话语,并在其中与欧洲的权力形式和关系相关联"③。而到了晚期,随着越来越多的历史

---

① 比尔·阿希克洛夫特、格瑞斯·格里斯菲、海伦·蒂芬:《逆写帝国》,任一鸣译,北京大学出版社,2014,第 150 页。
② 马丁·海德格尔:《存在与时间》,陈嘉映、王庆节译,三联书店,1987,第 146、148 页。
③ Mary Louise Pratt, *Imperial Eyes: Travel Writing and Transculturation*, London: Routledge, 1992, p. 202.

材料的披露，尤其是大量口述历史问世，人们则越来越关注来自他者的反抗。所以，后期的旅行文学中的空间再现，更加体现出显著的异质化倾向。而出现在早期旅行文学中的那种殖民者/被殖民者、旅行者与旅行对象的二元对立体系被共现（copresence）、互动（interaction）以及相互嵌入的理解和实践的视角所替代。由此，她颇有创见地提出，殖民地其实是一个接触域（contact zone），"接触"一词更加强调接触双方在互动过程中对各自主体及其相互关系的形塑，因此文本中的空间再现也变成了与来自西方社会大都会人的回应与对话。现代主义小说就呈现这种趋势，在具有游记性质的现代主义小说如《黑暗的心》《印度之行》中，他者就不再仅仅是以刻板画的背景出现，而是成为故事中不可忽视的行为主体，时刻对白人主人公发出挑战，而在经历了这一系列与他者的互动之后，作为主子殖民者的白人内核也不复存在，并反过来对西方文明的传统形式发出质疑与挑战，这其实也是对自我意识边界的重塑与拓展。

这一点在劳伦斯的旅行作品中亦表现得尤为明显。

一 "出走"主题与疆界的拓展

在西方文学传统中，追寻和成长一直是一个重要母体。从古希腊开始，文学故事便是以主人公只身离家开启探险旅途展开，人物在经受一系列的考验之后，最终获得成长并重返故乡。小说作为一种重要的文学形式，其主题也与追寻相关，巴赫金在梳理长篇小说模式时就发现，大部分长篇小说都可以归为"考验小说"类型，情节设置也意在突出主人公所经历的一系列冒险与考验，并在此过程中检验他们的个人品性与道德情操。虽然都是考验小说的类型，但随着文学历史的发展，考验内容与形式也在持续衍变。古希腊时期是来自神祇的考验（或者说是命运的考验），中世纪是信仰的考验，进入现代社会之后考验则变成了世俗经验①。16、17世纪的航海大发现将世俗经验进一步扩展，海外探险也成了一项世俗生活内容，英国文学史上的第一部小说《鲁滨逊漂流记》（Robinson Crusoe）便是以此为主题。遭遇沉船事件的鲁滨逊漂流至一座荒岛，在克服一系列困难之后，不仅征服了自然，还征服了异域人种，成为自然和低等人种的主人。小说故事中，鲁滨逊被刻画成一个强大的新世界建设者，小说也因此体现出非常明显的殖民主义意识形态。

小说这种文学形式的兴起与发展均与资产阶级紧密相连，它在一定程度上代表着资产阶级对西方社会的征服，同时也包含着以其权威和权力为基础的一整套社会参照体系。正如萨义德在《文化与帝国主义》中指出的那样，小说与帝国主义是相互依存的关系：

> 小说中的男女主人公表现出一种上升时期的资产阶级的躁动不安和朝气的特点。小说允许他们去冒险，他们可以体会到他们的愿望、他们能到达的地方和能成为什么样的人的极限。因此小说或是以男女主角的死而结束（朱利安·索瑞尔、艾玛·包法利、拜罗扎夫、无名的裘德），这些人因为所具有的过剩精力而与井然有序的世界格格不入；或是以主角屈从于秩序而结束（通常是以婚姻或身份的确

---

① 详见巴赫金《巴赫金全集》（第三卷），白春仁、晓河译，河北教育出版社，1998，第217-224页。

认的形式,如在奥斯汀、狄更斯、萨克雷和乔治·艾略特的小说中)①。

从萨义德的总结中可以看到,探险精神是一种资产阶级特有的思想意识。海外探险的故事框架也与西方文学传统的探险母题高度一致,因此也很自然地产生了以海外旅行探险经历为主线的小说类型。由于在整个西方殖民扩张的历史进程中,英国取得的成就最大,殖民版图也最广,这种小说类型在英国社会尤为普及。19世纪末20世纪初的小说见证了帝国版图的扩大,其间也诞生了一系列颇有影响力的殖民主题小说,如《黑暗的心》《吉姆》《印度之行》等,这些小说均以海外经历为创作素材,把异域的奇闻逸事呈现给母国读者的同时,作者也对处于当时社会历史背景下的主体身份进行了深刻拷问,劳伦斯的小说同样如此。

概括地说,劳伦斯的所有小说都可以归为"考验小说"或者"成长小说"。劳伦斯早期的《儿子与情人》《逾矩者》《白孔雀》以及一系列短篇小说,都致力于展现主人公的个人成长。而在他职业生涯中期创作的小说如《虹》《恋爱中的女人》中,主人公也一直在成长过程中寻觅,希望能够找到如何面对工业革命所带来的沧桑巨变的答案。因此,劳伦斯笔下的人物都表现出"焦躁"与"好奇"的精神特征。例如,《儿子与情人》中的儿子保罗一直在母亲与情人、乡村与城市中摇摆不定;《虹》中的布朗文一家几代人的家庭关系折射出工业化进程对人们生活的冲击,厄休拉(Ursula)的困惑实际上代表了劳伦斯这

---

① 萨义德:《文化与帝国主义》,李琨译,三联书店,2007,第97页。

一代人在工业化背景下所面临的身份危机；《恋爱中的女人》中古琴（Gudrun）的性情被刻画为"深深的不安"（profoundly restless）。费妮休认为，这是一种理性过度发展引发的"无根状态"（rootlessness），是典型的"白人意识"。"扎根的冲动"则反映了"宗主国人"（metropolitan）与"漂泊者"（vagrant）在现实生活中由共同体的瓦解而导致的归属感缺失[1]。费妮休将资产阶级"躁动不安"的性格特点与资本主义工业社会的发展相结合，她的看法与雷蒙·威廉姆斯非常接近。威廉姆斯认为，城市化进程破坏了乡村社群的共同体经验，丧失了确定的根基。随着城市化的推进，大量农村青年涌入工业化的城市，个体以"市民"身份独自生活在碎片化的都市中，变成工业社会的一个元素，在都市的荒漠中独自游荡。值得一提的是，费妮休特意指出"宗主国人"，说明了海外探险与重拾共同体体验有某种隐秘的内在关联。实际上，西方的海外扩张是中心—边缘结构的扩散，随着国内城市化和工业化进程的推进，自然田园和农耕社群早已无处可觅，于是城市与乡村的对立自然就转嫁到了宗主国与殖民地的二元体系之下，殖民地充当起了乡村的角色，继续对城市输送资源并转移经济压力。在新的二元体系的框架下，浪漫主义的情怀以及探险的精神追求便释放到了海外领地，在探险的过程中，人们也希望能够收获更为成熟的自我，从而获得修复自我文明的有效途径。劳伦斯后期的小说均体现出这种在异乡探索社会革新方案的主题。

《圣·马尔》《骑马出走的女人》《公主》和《羽蛇》几部作品都以女性作为故事主人公，而这些女性也都以焦躁不安的

---

[1] Anne Fernihough, *D. H. Lawrence: Aesthetics and Ideology*, Oxford: Oxford University Press, 1993, pp. 151–152.

状态出场。《骑马出走的女人》的女主人公并不满足于当前的生活，对于她而言，当下的平凡与平庸让她看不到生活的意义，心中总是怀揣着某种探险的浪漫主义情怀。一开始，她将婚姻视为开启探险之旅的契机，"她曾以为这个婚姻，不同于其他所有婚姻，将会是一次探险"①。然而，现实的生活环境却让她感到百无聊赖。丈夫是个典型的商人，无趣而功利，生活得一点生气都没有，连长在家里的花朵也是"从来都没有花气"②。这种沉寂让她近乎窒息，"必须出去"成了她内心持续回响的呐喊。在一个名为里德曼（Lederman）年轻绅士的启发下③，她对山林深处的契尔挈（Chilchui）印第安部落和他们独特的人祭仪式产生了兴趣，决定独自一人骑马出行去完成她的探险之旅。她在途中遇到了几个印第安人，并随他们一起回到他们的部落，被囚禁在一间小屋内。经历一系列的仪式之后，作为祭品她被印第安人献给他们古老的太阳神。故事以祭司即将把锐利的刀锋插入她的心脏结束，而在这整个过程中，女主人公都处于一种平静的状态，仿佛她所经历的一切都出于自愿。《公主》中的女主人公同样有一次骑马深入山林的探险之旅。有精神问题的父亲独自将她抚养大，在父亲的影响下，她从小坚信自己出身皇族，有高贵的血统。父亲的去世给她的生活带来巨大冲击，她不得不独自面对一个她无法融入的世俗社会。为不再显得格

---

① D. H. Lawrence, *The Woman Who Rode away/ St. Mawr/ The Princess*. London: Penguin Books Ltd., 2006, p. 5.
② D. H. Lawrence, *The Woman Who Rode away/ St. Mawr/ The Princess*. London: Penguin Books Ltd., 2006, p. 5.
③ Lederman 这个名字本身充满隐喻意义，其发音与"leader man"近似，暗示其在小说中的角色职能，说明其充当了传统"考验小说"中启发主人公开启探险之旅的智者形象。

格不入，她觉得自己应该"和大家一样向往着做点什么"①。在她这个年纪，一个单身女子最急切所需的就是一段婚姻，她自己也清楚意识到"结婚是她应该做的事"②。然而，她并没有为踏入婚姻而作准备，而是选择出门旅行。她和女伴来到了新墨西哥，在一个墨西哥男导游的陪伴下骑马向深山远足。由于山中的夜晚寒冷之极，她主动邀请墨西哥导游与她同床，却在之后完全拒绝男导游的爱意。男导游自觉受辱，在极端愤怒之下将其囚禁。几天后，她被解救，她回到了自己的社会，与一个年长的男人结婚，从此回归正统而平静的生活。

《圣·马尔》故事中用了较多笔墨描述英国社会，而身处其中的女主人公同样也是百无聊赖。她对白人社会的一切充满厌倦，甚至对自己的丈夫也是如此。在她眼里，伦敦就是一座幻影之城，"一切都是假象，没有任何东西是真的"③，整个英格兰在她看来也只是一片"阴影"。丈夫瑞科（Rico）骑马时发生的意外促使女主人公和她母亲下定离开的决心。对于威特夫人（Mrs. Witt）来说，欧洲已经开始衰退，她内心有某种对抗欧洲的力量在翻滚，这让她几乎疯狂④。露（Lou）也有同样的感觉，她"对一切都失去兴致"，周围的人也让她感到无法忍受⑤。她们一致认为，解决的方式就是离开，去往美洲。在美洲大陆的

---

① D. H. Lawrence, *The Woman Who Rode away/ St. Mawr/ The Princess*. London: Penguin Books Ltd., 2006, p. 185.
② D. H. Lawrence, *The Woman Who Rode away/ St. Mawr/ The Princess*. London: Penguin Books Ltd., 2006, p. 185.
③ D. H. Lawrence, *The Woman Who Rode away/ St. Mawr/ The Princess*. London: Penguin Books Ltd., 2006, p. 62.
④ D. H. Lawrence, *The Woman Who Rode away/ St. Mawr/ The Princess*. London: Penguin Books Ltd., 2006, p. 120.
⑤ D. H. Lawrence, *The Woman Who Rode away/ St. Mawr/ The Princess*. London: Penguin Books Ltd., 2006, p. 138.

"地之灵"中露找到了皈依,像早期的美洲殖民者那样只身开拓,游荡就是她满意的生活状态,结尾处她对威特道出心声,"就是这儿,在这风景里。这对于我来说是比男人更真实的东西,它能抚慰我,支撑我"[①]。

在小说《羽蛇》中,劳伦斯的设想更加深入,将自己社会变革的理想与墨西哥特定的社会历史背景相结合,探讨了人类文明新的可能性。故事发生在 19 世纪 20 年代,那时的墨西哥刚经历完长达 10 年的内战与革命,整个社会分崩离析,百废待兴。正是在这样的历史背景下,劳伦斯来到墨西哥,加入墨西哥创建新社会的讨论中,并大胆畅想理想的社会形态。小说与之前几部小说所不同的是,从一开始,女主人公便已经置身于墨西哥,虽没有明显的出走过程,最终却彻底投身他者文化。女主人公的成长是以对墨西哥的各种抵触情绪开始,在经历一番内心挣扎之后,她与有印第安血统的墨西哥将军结婚,充当阿兹台克神灵,并以此身份全力投身到墨西哥社会变革之中。在小说的末尾,女主人公并未回到欧洲,就其是否会回归这一问题,劳伦斯也未给出答案,只通过女主人公之口说一句,"你永远也不要让我走吧"[②]。这样的结尾仿佛是一个被动的请求,这表明劳伦斯依然寄希望于新的社会,新的文明形式能够给他提供一个答案。与其他几部小说相比,这部小说内容更丰富、更复杂。虽然主线仍然遵从"出走"叙述框架,但其间透过女主人公的视线,加入了更多墨西哥当时的历史、文化和政治背景的描述,从中不仅可以窥见特定历史背景下的墨西哥社会,

---

① D. H. Lawrence, *The Woman Who Rode away/ St. Mawr/ The Princess*. London: Penguin Books Ltd., 2006, p.175.

② D. H. Lawrence, *The Plumed Serpent*, New York: Vintage Books, 1992, p.445.

并且也蕴含着巨大的自我与他者冲突的张力。

概括地说，几部小说的主题都是"出走"，而出走的缘由则是对社会现实失望，希望借他者文化来拯救处于危机之中的现代文明。而在这一叙事线索下，几部小说中都出现了"骑马"的情节。实际上，马在西方文化中是一个重要的隐喻。在汽车发明以前，马在整个社会生活中至关重要，战争、出行、货物运输都离不开马。古希腊神话中日神、月神的出行工具是车，特洛伊战争中是一辆木马车将战争局面扭转。在各种骑士小说中，英雄们也总是与马为伴。在所有关于马的隐喻中，最具影响力的是柏拉图关于精神的说法，他将人的精神分为三部分，驾车人（理性和判断力）和两匹马，一匹代表荣誉，另一匹代表欲望。人的理性需要学会在规则和欲望之间作出权衡，并很好地驾驭人性深处的两股力量[①]。劳伦斯将自己对文明和人性的探索借骑马出走来体现，这源于柏拉图精神与马车的比喻。但不同的是，劳伦斯并不是将马作为本我与超我的对立两极来体现，而是全然将它作为自然与血性的代言。同时，马是工业文明之前最常见的出行工具，以骑马的方式"出走"表明劳伦斯抛弃自我文化，从更自然、更崇尚人类本性的土著文化中重新发现文明的根基的探索，而这一切都是在殖民扩张的前提下才成为可能。

比尔·阿西克洛夫（Bill Ashcroft）与他的合作者在其经典著作《逆写帝国》（*The Empire Writes Back*）中指出，19世纪末20世纪初非洲文化的引进直接促使一批现代主义艺术家重新审视欧洲文化的独特性和价值观，从而设立新的美学原则，现代派的革新就肇始于此。正如书中所述：

---

① See Michael Ferber, *A Dictionary of Literary Symbols*, Cambridge: Cambridge University Press, 1999, p. 94.

上篇　殖民主体空间意识的衍变

非洲是20世纪初20年里最重要最具有催化性意象的源泉。对非洲的"发现",以一种非常重要的方式成为20世纪欧洲世界在自我矛盾、自我质疑和自我瓦解中发现自我的主导模式,也是欧洲从理性之光走进黑暗之心的支配性旅行模式。正因为如此,现代主义引领的20世纪文化的最极端形式,即自我批评和混杂无序模式,可以被看作是有赖于殖民他者之存在的,后殖民他者为它提供了形成的条件①。

殖民背景成为西方社会现代人文领域观念与表现手法更新的重要前提。随着西方人与殖民地土著民族来往的加深,土著人作为西方人的镜像被纳入欧洲的知识话语框架,在一定程度上也影响着西方文化。这在一定程度上说明,除了宗主国人对殖民地的权力输出,以及由此带来的对殖民地人主体边界的撼动外,殖民地文化也会对宗主国输入,并对其造成一定的影响,虽然这两者在程度和力度上不见得对等。总之,在殖民地对宗主国"驶入的航程"中,西方人的主体性边界也随之发生动摇。或者可以说,殖民拓展不仅是地理上的扩张,西方人在"我来,我看见,我征服"的过程中也极大地拓展了主体性疆界,也就是说,殖民扩张还伴随着心理意义上版图的扩张。

劳伦斯小说中的人物也在某种程度上印证了帝国的版图。以《圣·马尔》和《羽蛇》中的主人公为例,他们均处于上层社会,都曾有在世界各地广泛游历的经历。《圣·马尔》中瑞科出生于澳大利亚墨尔本,她和露相识于意大利,也在巴黎有过

---

① 比尔·阿西克洛夫、格瑞斯·格里菲斯、海伦·蒂芬:《逆写帝国:后殖民文学的理论与实践》,任一鸣译,北京大学出版社,2014,第150页。

短暂停留,而女主人公的足迹也是遍布美洲和欧洲大陆,在小说中,她们不断出行,从伦敦到威尔士边界再到哈瓦那和德克萨斯。而《羽蛇》中的女主人公也是从一开始的墨西哥城来到希佑拉(Sayula)湖区,再在希佑拉旁的住所与雷蒙(Ramon)的农庄之间往返。不断变换的地理位置表明,对于他们来说,空间和距离根本不是障碍。不管是跨越大洲的航行还是跨越城市的行程,西方人得以自由迁徙很大程度上就是殖民扩张给他们带来的便利。值得注意的是,在《羽蛇》中女主人公的迁徙过程中,劳伦斯详细描述了几段铁路旅程。从劳伦斯的叙述可以看出,在当时的墨西哥,铁路已经成为人们主要依赖的出行方式。而需要指出的是,在墨西哥脱离西班牙取得独立之后,英国是为数不多的最早承认其政府合法性的国家之一。来自英国的资金支持也一直是墨西哥政府得以维持正常运转的原因。在波菲利奥·迪亚斯(Porfirio Diaz)治下,为带动经济发展,政府加大了对铁路、公路、港口、码头等基础设施的投入。而政府收益也有赖于国外资本在采矿、出口农业和制造业等产业的投资[①]。也就是说,在劳伦斯小说中女主人公的这一段铁路行程的背后,有来自英国的资本投入和经济往来,其中帝国扩张的影响不言而喻。

与此同时,露和威特夫人家中精美的土耳其地毯,几尊来自中国的人像摆设,诺瑞斯夫人(Mrs. Norris,《羽蛇》中的人物)家中陈列着大量阿兹台克雕像、盾牌、箭具和太平洋岛屿土著民族使用的塔帕纤维布(tapa),这些陈设把她家装饰得像个博物馆。此外,她宴请的宾客在简短的闲谈中提到了关于俄

---

① 参见迈克尔·C. 迈耶、威廉·H. 毕兹利编《墨西哥史》(上、下册),复旦大译,东方出版中心,2012,第 404、405、474、496 页。

罗斯、中国玉器和西班牙斗牛，世界化的经历已经成为他们日常生活中稀松平常的一部分。而这一切，都只发生在一座宅邸、一间房间，或者说，主人公的"家"中这一有限的空间范围内。从中我们可以清晰地看到，世界已经包含在"家"中，而"家"则成为帝国的转喻（metonymy）。这说明，殖民扩张带来地理疆界的扩大和更大范围内的贸易往来是对欧洲人"无国界"生活的有力支撑。与此形成强烈反差的是，小说中几个出身被殖民者阶层的仆人却始终处于被动地位，他们只有在主人公的带领下才可以离开生活的空间去往别处。在《圣·马尔》中，印第安男仆费尼克斯（Phoenix）的所有空间想象所能涉及的就只有美国的亚利桑那州，而《羽蛇》中的胡安娜（Juana）对于墨西哥以外的世界完全一无所知。这些反差深刻揭示出只有在成长于帝国中的公民才能将家的隐性疆界扩展至世界范围。

相比较而言，《骑马出走的女人》《公主》隐约透露出异域探险的精神需求，《羽蛇》探讨投身异域后的可能性，几部作品更多体现出殖民扩张的结果。《圣·马尔》则用更多笔墨描写探险精神本身，体现出更明显的殖民者意识形态，因而从主题上与帝国臣民的海外探险更加契合。概括来说，小说可以分为两部分，前半部分发生在英国，后半部分则转至美国的西南山区。由于帝国精神鼓励探险与开拓，而探险又是一种弘扬个人英雄主义的行为，所以帝国话语潜在的意蕴便是男性气质。正如学者斯多特（S. Stott）所指出的那样，帝国话语在于"强调男性同僚情谊的重要性，同时也隐晦地警告女性的弱化影响"[①]。此外，由于探险是一种户外活动，而帝国精神为感召人们更多地

[①] R. Stott, "The Dark Continent: Africa as Female Body in Haggard's Adventure Fiction", *Feminist Review*, (1989) 32, p. 70.

参与到海外探险与扩张的活动中,与家庭生活相关的理念曾一度被视为负面价值,这导致"家"的环境遭到排斥。正是在帝国事业蒸蒸日上的背景下,留在国内足不出户的行为则被打上女性化的标签,正如一位前往加拿大的作家曾在他的游记中写的:

> 想想那些待在国内的大多数同胞吧:他们生活中一半的时间耗在办公桌前,而另一半的时间则在追求时髦的衣着和外表。为什么这样呢?他们大部分像女孩儿一样软弱,除了舞会、剧院和音乐厅歌者,他们一无所知①。

《圣·马尔》前半段对英国的描写,以及女主人公对其丈夫的厌恶都通过将其女性化来体现。首先,他的职业是流行肖像画家,他对所有的舞会和剧院表演津津乐道,却对骑马莫名抵触,当露向他提出要给他买下一匹马时,他也只是无力地抱怨"他不会骑马,并且也不想骑马"②。他无法驯服自己的马,也无法让印第安仆人听从自己的命令。他在故事中的结局是从马上摔下,造成终生残疾。受伤之后的丈夫似乎对惩罚圣·马尔并将其阉割具有莫名的狂热。这种情绪上的偏执说明他内心已经意识到此刻的自己已经全然丧失男性气概,他将自己的希望和愤怒都投射在了马身上,不仅因为马是羞辱他的元凶,更是因为马表现出的原始生命力让他相形见绌,因此他希望通过阉割

---

① Qtd. in Richard Philip, *Mapping Men and Empire: A Geography of Adventure*, London: Routledge, 1997, p.55.
② D. H. Lawrence, *The Woman Who Rode away/ St. Mawr/ The Princess*. London: Penguin Books Ltd., 2006, p.46.

的方式将同样的命运加之于圣·马尔身上。然而,缺乏男性气质并不是小说中露的丈夫独有的特征,这甚至是当时英国社会男性群体的写照,对于威特夫人来说,白人男性就像是"老女人,一遍又一遍地织着相同的图案"①。露则认为,白人男性身上缺乏与自然相通的血性意识,这造成他们身上出现女性化特质:"他们身上的动物性变得怪诞,或者变得退缩,变得温顺,像狗一样被驯化了。"② 也正是国内缺乏具有男性气概的男人才让海外探险成为改变现状或者获得救赎的必要选择。大部分评论家在看待劳伦斯这一情节安排时,都只注意到圣·马尔身上的原始力量,并将其作为母女俩救赎之旅的触发点。例如,在托尼·谭纳(Tony Tanner)看来,圣·马尔代表着与一个从伦敦琐碎无意义的前台撤出的背景,而出走过程就是"对那个'背景'世界意义的探索以及进入其中所需的步骤的探索"③。小说中母女两人不断迁移,从伦敦到乡村,再到威尔士边境,最后到达美洲的新墨西哥,才算找到心目之中的"应许之地"。而伴随这一过程的是不断深化的"他者"世界,从圣·马尔所代表的逝去的原始英格兰(Aboriginal England),到海上恣意腾跃的飞鱼,再到美洲农场上的鼹鼠和静穆幽深的树林,主人公一步步走入未知的世界,并在那里找到早已丢失的生命力之源。整个探索追寻是围绕不同的空间节点展开。欧洲世界是一个女性化走向没落的世界,而美洲则是救赎之地,这种空间意识本

---

① D. H. Lawrence, *The Woman Who Rode away/ St. Mawr/ The Princess*. London: Penguin Books Ltd., 2006, p. 80.
② D. H. Lawrence, *The Woman Who Rode away/ St. Mawr/ The Princess*. London: Penguin Books Ltd., 2006, p. 81.
③ Tony Tanner, "D. H. Lawrence and America", in *D. H. Lawrence: Novelist, Poet, Prophet*, Ed. Stephen Spender, London: George Weidenfeld and Nicolson Ltd., 1973, p. 189.

身就是对殖民主义意识形态的积极响应。

　　小说的后半段用了大量笔墨描写一对美国夫妇的拓荒历程，这段叙述似乎与整篇小说的情节安排略有脱节，这也是许多评论家对此篇小说颇为诟病的原因。劳伦斯这样成熟的作家，在创作生涯的晚期，因为创作技法的问题而突然打断叙事节奏。因此，更为合理的解释应该是他在刻意迎合读者的阅读趣味，才叙述这样一段拓荒之旅来增强小说的吸引力，毕竟他的读者可能大多数是远在欧洲对各种海外探险经历充满好奇的帝国公民。就劳伦斯本人的生平背景来看，他是流行杂志《探险》（*Adventure*）的忠实读者①，并且也阅读过吉普林的作品②，这些文字都蕴含强烈的殖民主义色彩，由此可以推测帝国精神应该也对劳伦斯产生了不可忽视的影响，这在小说的后半部分更加突出。"*This is the place*"③ 这句故意以斜体标示的句子是农场主夫妇开拓故事的开头，接下来小说叙述了他们逐步完成修建小屋、引水、布置家具设施并开始饲养家畜的过程。他们从无到有开创出新的生活，像鲁滨逊一样在荒野中刻下文明的痕迹。当他们将小屋中的水管打开又关掉的时候，他们感到的是"文明已经征服这里"④。夫妻二人中，妻子又是最勇敢执着的一个，她曾经确信自己"驯服"过这片野生天堂。妻子独立承担一切

---

① See James Lasdun, "Introduction", in *The Woman Who Rode away/ St. Mawr/ The Princess*, London: Penguin Books, 2006, p. xiv.
② 在《圣·马尔》中有这样一段描写，"但他们像大多数西南部的墨西哥人一样，用吉普林的话来说，他们就像被抽掉了脊髓似的"（WWRA/SM/P：163）。这句话明确显示劳伦斯曾阅读过吉普林的作品。
③ D. H. Lawrence, *The Woman Who Rode away/ St. Mawr/ The Princess*. London: Penguin Books Ltd., 2006, p. 160.
④ D. H. Lawrence, *The Woman Who Rode away/ St. Mawr/ The Princess*. London: Penguin Books Ltd., 2006, p. 161.

也恰好印证了殖民文学的另一个主题——个人英雄。有研究者曾注意到,美洲的白人男性喜欢将自己想象成一个孤胆英雄,"像印第安猎人一样,只身前往森林深处"①。这种叙述形式一直延续至今,我们依然可以在好莱坞电影中看到这样的人物形象。然而,劳伦斯并非像其他帝国作家一样,歌颂文明对野蛮的胜利,他在故事的结尾笔锋一转,让新英格兰妇女的征服之旅败下阵来,以此说明他对文明扩张的怀疑态度。劳伦斯虽然大力描绘了海外殖民探险的历程,但他对此并非盲目推崇,而是显示出某种反思。他的这种审慎与其说是矛盾,不如说是清醒,正如马克·金基德威克(Mark Kinkeed-Weekes)所说,这部小说的潜在结构"源于劳伦斯对殖民主义的深入认识"②。

在小说中,劳伦斯对这对夫妇的征服之旅有过这样一段评价:

> 每次文明新的脉动都会以无数勇士的生命为代价,他们在努力赢取金苹果园的果实或金羊毛的征途上被"巨龙"打倒,沉迷于征服古老、半堕落的低级造物的成就中,挺进高级阶段。
>
> 所有的蛮荒都是部分可鄙的、堕落的。而人只有在不断挣脱,去克服粗鄙时才是他自己。
>
> 每一种文明,当它失去其内在视野和更纯净的能量时,

---

① Annette. Konodny, *The Land before Her*: *Fantasy and Experience of the American Frontiers*, *1630-1860*, Chapel Hill and London: University of North Carolina Press, 1984, p. 5.
② Mark Kinkead-Weekes, "Decolonizing Imagination: Lawrence in 1920s", in *The Cambridge Companion to D. H. Lawrence*, Ed., Anne Fernihough, Cambridge: Cambridge University Press, 2001, p. 77.

会退化成一种新的堕落，其蛮荒程度比之前的更甚更广，就像奥吉斯牛舍上的金属垢一样。

人总是需要重新唤醒自己，去除沉积的废物。在与野性自然的斗争中赢得胜利，获得重新开始的力量，清除掉自己身上数世纪的层层污垢，甚至包括罐头盒上的[①]。

这段话叙述了文明的扩张过程，恰好可以作为本节的总结。金苹果园、金羊毛和巨龙的故事将小说拉回西方考验小说的叙事传统，而对文明的"不断挣脱"、自我清洗以寻求更高级阶段的历程便是通过"考验"的结果，在现代社会，资产阶级"躁动不安"的特征又成为这一切的心理基础。劳伦斯认为，文明的进步是在与野性自然的不断斗争中实现，但他将征战的目的地转向美洲山林的现实基础是殖民扩张。是殖民扩张将印第安人土著的文化引入他的认知范围，同时也是殖民扩张使他得以将自己的足迹踏至美洲大陆，最后，还是殖民主义意识形态让他将拯救西方文明的答案放在原始文明。可以说，伴随着西方文明一步步"去除沉积的废物"并"获得重新开始的力量"的是地理和心理疆界的不断拓展。也正是因为地理和心理空间的延伸，劳伦斯的主人公才得以将土耳其地毯和中国塑像收入自己的家中后，继续在美洲的农场思索新的扎根之地。

二　景观再现与权力投射

"景观"是一种较为新近的概念，它并非脱离人文价值的自

[①] D. H. Lawrence, *The Woman Who Rode away/ St. Mawr/ The Princess*. London: Penguin Books Ltd., 2006, p. 171.

然存在，而是文明和社会深度介入的文化现象。景观之所以成其为景观与风景画的兴起密切相关，确切地说，它起始于将自然的一部分以特定的美学规则呈现在画布上。这种艺术表现手法和审美倾向的出现源于商人和地主阶级的特殊需求，他们聘请画家将自己的土地绘入图画，彰显自己对其物理上和视觉上的绝对占有权[①]。由此看来，风景是一种再现，将权力蕴含其中，所以风景再现更是一种符号。由谁再现、为谁再现以及怎样再现这个问题将风景的构建与道德、观念与政治因素关联，并由此将其与意识形态捆绑。因此，风景的再现，不管是以文字还是图画形式，都是权力和身份的集中体现，正如安妮·伯明翰所说，"有一种关于风景的意识形态，而在 18 和 19 世纪，关于风景的一种阶级观点体现了一套社会的、最终是经济的决定价值，绘画形象对此给予了文化的表达"[②]。"18 和 19 世纪"这一时间上的限定说明风景画的滥觞与帝国的殖民事业同步，而风景再现的意识形态性说明我们可以从中窥探到帝国的运行机制。也就是说，风景再现同样具有萨义德所说的历史记忆与地缘空间的发明性。

要说明帝国风景再现的运作机制，首先将其与其他文化的地理概念作一番对比。在其他文化中，风景并没有包含太多的价值内涵。以印第安人为例，有学者就曾注意到：

　　对于印第安妇女来说，边区（对他们来说也并非真正

[①] See S. Cosgrove, "Historical Considerations on Humanism, Historical Materialism and Geography", in *Remaking Human Geography*, Eds., Audrey Kobayashi and Suzanne. Mckenzie, London: Unwin, 1989.
[②] Ann Bermingham, *Landscape and Ideology: The English Rustic Tradition, 1740-1860*, Berkeley: University of California Press, 1986, p. 3.

的边疆地带）并不是蛮荒之地而是家园，不是陌生未知的土地，而是熟悉的地方。……很明显，印第安人的宗教、生活习俗和传统将他们与土著和森林紧密相连①。

在西方文化传统框架内外，有两套不同的与土地相关的话语体系。对于西方人来说，土地是加以利用和控制的对象，而在非西方人眼里，土地是需要被悉心对待的宝贵资源。两种截然不同的态度说明，西方文化在审视风景时将其作为外在于自我的事物。换言之，它是一个对象（object），这种认知传统深刻内植于西方的理性思维中。由于理性思维倾向于将事物对象化，而要完成认知，它必须将未知的事物进行一系列的编排和系统化才能完成，这也就是科学知识的形成过程。欧洲殖民国家要实现对异域领土的控制，首先需要完成对那片广袤而未知土地以及生活在那片土地上的人的认知。这直接催生了一系列相关知识的产生，人类学、博物学、制图学以及所谓的东方学等都萌生于此，甚至达尔文的进化论得以形成也有赖于殖民扩张的历史背景。知识作为一种话语，它首先有特定的规范框架，并在此基础上构建认知对象。"规范"又将知识置于某一特定语境，"谁的规范"和"由谁规范"都将其纳入权力的掌控下。异国风景再现便是这样一种关于土地的知识，它的意识形态性决定了它的认知框架是帝国的权力。康拉德在《黑暗的心》中对此一语道破：

对世界的征服，首先意味着从那些与我们有着不同肤

---

① Sandra L. Myers, *Westering Women and the Frontier Experience 1800 – 1915*, Albuquerque: University of New Mexico Press, 1986, p. 35.

色或者鼻梁稍扁一些的人那里夺走土地。如果你看得够深入一点，你就会知道它并不是什么美妙的事情，那帮它忙的东西，为观念而已①。

这里的"观念"虽然说得比较笼统，但也充分说明了西方人的认知框架和殖民主义的关系，斯皮瓦克的"认知暴力"从更深层次点明了这种关系的核心②。认知暴力统摄下的风景书写是帝国主体对殖民地客体的认知与再现，体现了与帝国权力的合谋。学者米歇尔就指出，"帝国在空间中的外向运动在时间上就是前进；而打开的'前景'则不仅是一个空间景观，而且是投向未来的'发展'和开发"③。以帝国的殖民事业为出发点，风景书写遵循着某种隐秘的认知规范。首先，如前文所述，帝国事业在殖民者看来并非强权与掠夺，他们将其扩张事业浪漫化，以探险和自我成长为基调来展开叙事。殖民地从未被文明染指的蛮荒自然是考验他们勇气和智力的外来因素，自然景观也由此危险密布。其次，由于探险的目的是征服自然，并使之具有利用价值，那么对景观的观察便具有了勘探和归类的科学视角，这直接导致随后帝国权力的行使。作为一个帝国公民，劳伦斯小说中的风景书写也呈现这样的认知规范。

---

① Joseph Conrad, *Heart of Darkness*, Harmondsworth: Penguin Books, 1973, p. 10.
② 这是贯穿于《后殖民理性批判中》的一个重要概念，斯皮瓦克用它与另一个类似表达"认知侵犯"（epistemicviolation）一起说明西方社会的文化观念与帝国主义殖民扩张的共谋关系（See Gayatri Chakravorty Spivak, *A Critique of Postcolonial Reason: Toward a History of the Vanishing Present*, Cambridge: Harvard University Press, 1999）。
③ W. J. T. 米歇尔：《帝国风景》，陈永国译，载陈永国主编《视觉文化研究读本》，北京大学出版社，2009，第 192 页。

对异域景观的欣赏和占有是探险成果的一种,因此在对自然景观进行再现时,其质和量的价值通常是作者首要展现的部分。在《骑马出走的女人》中,女主人公沿途所欣赏到的自然风景便是这样一种质与量的综合:

> 奇怪的是,虽然这是一个令人恐惧的村庄,她却并不害怕。那静寂、致命的山坡。印第安人偶尔在山林远处出现,可疑而又难以捉摸。时不时会有食腐巨鸟在远处,像苍蝇一样,盘旋在腐尸、某座住宅或某簇小棚屋上空。……
>
> 远处,在一片狭长而宽广的山体上,一片绿色的松林高耸着,色调由浅向更深、更厚重转换。松林尽头处一片光秃秃的山岩直插云霄,岩体峻峭,雪斑驳点缀着。更高处,雪又开始降落。……
>
> 马拖着沉重而迟疑的脚步继续向前走着,踏着一条石子小道,通往那片广袤而又令人生畏的山坡。……
>
> 她的马踏过一条小溪,来到一片峡谷,峡谷上方是一片无垠的黄色木棉林。她一定是已经爬到海拔 9000 英尺的地方了,这高度和疲惫感让她有些轻飘飘的感觉。在木棉林外,她可以看到陡峭的山坡从四面将她围住,其中散布着交错丛生的白杨树,更高的地方则是直挺挺长满萌芽的云杉和松树①。

女主人公眼中的自然是一种被美学化了的风景图画。这里

---

① D. H. Lawrence, *The Woman Who Rode away/ St. Mawr/ The Princess*. London: Penguin Books Ltd., 2006, pp. 10–11.

的自然被分为前景和背景,遵循透视和对称法则。对景物的细节极尽铺陈,色彩、色调、细节都一一呈现在读者眼前,从物质和语料上增强了意义的密度。自然成了如画的风景,而处在之中的人也被赋予了具有鉴赏自然之美的能力。另外,自然除了具有美学特征以外,它还被表现得宏大巍巍,同时又充满各种危险。广袤和险象丛生的自然具有某种强力,征服它能带来崇高感。

事实上,对崇高的审美需求本质上是具有理性的主体对自然在智性上的征服和占有。康德在《判断力批判》中对此有过详尽的论述。他认为,对自然界事物大小、高低等尺度的量的估计是无穷尽的,因此它本超出主体的认知范围,主体却能对它产生审美反应,是由于理性发现它与感性尺度的不协调,并通过想象力来统摄,由此引发愉悦感。那么,推崇数量的审美体验"就是对我们自己使命的敬重",这"把我们认识能力的理性使命对于感性的最大能力的优越性向我们只管呈现出来了"[①]。而将自然描述为恐惧对象,是为了显示在主体内心所激发的超越平庸的快感,使人发现内心具有战胜自然的优势。在康德的论述中,"使命""战胜"都表明,对崇高的审美是一种对大自然的征服感,而"统摄""内心"则暗示它是一种理性思维的产物。康德据此将野蛮人排除在对崇高的审美能力之外,认为只有具备理性的文明人才能"不惊慌""不逃避",并"以周密的深思熟虑干练地采取行动"[②]。相应地,我们也可以在小说中看到,虽然墨西哥山林看起来充满宏大的力量与不可预测的危险,但女主人公始终表现出冷静与自如,这种特质

---

① 康德:《判断力批判》,邓晓芒译,杨祖陶校,人民出版社,2002,第96页。
② 康德:《判断力批判》,邓晓芒译,杨祖陶校,人民出版社,2002,第109页。

被金基德威克称作"白人殖民者对自己发掘自身好奇心的绝对自信"①。这种"绝对自信"显然是理性与智性将自然驯服后而产生的自如。

崇高的审美过程消除了主体与自然客体的边界,将客体纳入主体范围之内,提升了主体的控制感。这是主体边界的进一步扩展,因此在某种程度上也是对地理疆界扩张过程的模仿。主体通过对自然界的控制,也进一步巩固对自身存在的认知。这一点在景观的美学表现上更为明显。正如普拉特所指出的那样,将自然描绘成如画的风景暗示了观者与图画的关系,这种关系表明作为欣赏者的人"即便没有能力去占有,但也至少有能力来审视评估"②。这种能力便是艺术的能力,艺术又与高级文化相关。普拉特的论断与康德不谋而合,康德也认为崇高的审美能力是理性思维的体现,而理性思维非文明与文化的教化不可得,并借此将野蛮人排除在外。普拉特并没有据此用审美能力将西方人与土著人区别开来,在她的论述中这似乎是不言自明的事情。但不管是康德明确将土著人排除在审美能力之外,还是普拉特在"能力"中所隐含的某种差别化认识,都体现了对自然景观的审美对加强主体自我认知的作用。自此,对自然风景的美学再现不仅是"怎样呈现"的问题,它还隐隐透露出"谁占有这片风景"的问题。如果在帝国内部,对风景的美学占有是一个阶级问题,那么在殖民地进行风景审美则显然是一个

---

① Mark Kinkead-Weekes, "The Gringo Senora Who Rode away", *D. H. Lawrence Review*, Vol. 22, no. 3, Fall 1990, p. 255.
② Mary Louise Pratt, *Imperial Eyes: Travel Writing and Transculturation*, London: Routledge, 1992, p. 205.

种族问题①。随着土著人被完全从这片土地上抹去，殖民地自然在殖民者的眼中通过审美效应被干预和控制，而这种控制感既源于也加深了殖民者的主体性和身份认知，这也就是为什么普拉特将这种特殊的认知模式称为一种修辞，并将其命名为"审视之王"（monarch-of-all-I-survey）。"审视"暗示了暴力和权力，正如米歇尔所指出的那样，"从罗斯金时代起，把风景作为审美客体加以欣赏就不可能是洋洋自得的时刻或毫无麻烦的审视；相反，它必然在历史上、政治上和美学上聚焦于注视的目光投射并刻写在那片土地上的暴力和邪恶"②。

米歇尔的论述表明，风景再现不仅仅涉及美学问题，它还涉及一系列后续的实践。土地，特别是殖民地土地，从来就不仅仅是作为欣赏对象来使用的，它还是原材料产地和商品输出的市场，用于"未来的'发展'和开发"。因此，对殖民地风景的认知还涉及另一个维度，即实用性的勘测视角。首先，小说中对景观的展现多使用鸟瞰图式的透视性凝视。主人公所处的

---

① 在英国本土境内，自然风景作为一种观赏空间，从一开始便是具有排他性的，是一种"阶级资格"。罗斯金就曾强烈质疑普通大众的品位，将对自然风景的鉴赏打上精英的印记。据此，他曾这样描述工人阶级："他们的心灵并没有因面对湖区美景冥思而有所改善，这跟到黑泽没什么两样。"他还曾在1870年在剑桥的任职演讲中强调，对于风景，"只能被高雅之士欣赏……一个孩子，出生于有教养的种族，对美具有内在的直觉，而这种直觉源于他出生前几百年间反复实践的艺术"。"种族"一词间接点明了风景审美的民族性问题，表明他也将其进一步深化为一个种族问题。他甚至直接敦促殖民事业将英国的民族风景拓展到海外，"开拓殖民地，能有多快就多快，能有多远就多远……抓住每一片她能踏足其上的硕果累累的荒野"（转引自温迪·J. 达比《风景与认同：英国民族与阶级地理》，张剑飞、赵红英译，译林出版社，2011，第158、159页）。罗斯金显然是一个帝国事业的坚定支持者，从他的观点我们也可以窥探当时对殖民地风景再现的某种风格和美学上的价值导向，以及隐含其中的政治意图。

② W. J. T. 米歇尔：《帝国风景》，陈永国译，载陈永国编《视觉文化研究读本》，北京大学出版社，2009，第202页。

位置多为高处，目光所及之处由近及远一一铺展，景观以全景图的形式呈现。以她刚入山林所见之景为例，首先映入眼帘的是村庄和被遗弃的煤矿，随后视线往前推，看到远处山上的松林，色调由浅入深，再远处是山顶裸露的岩石，以及覆盖在上面的积雪①。随后在她与印第安人同行的过程中所见之景，以及到印第安部落后对他们舞蹈和仪式的观看都是同样的全景图形式②。不仅如此，我们还可以得知自然中的植被和山林的地貌：

> 他们来到一片苍灰、浑圆的小山丘，周围稀疏生长着圆形的暗色矮松和雪松丛。马踏着哒哒作响的步子走在石头路面上。偶尔会看到又大又圆的刺茎藜开着一簇簇羊毛般清软的纯金色的小花。……
>
> 路开始变窄，岩体开始增多，两面的山岩逐渐逼近，随着马向上攀爬，四处越发幽暗发凉，在昏暗、静寂、逼仄的峡谷中，周围的树枝也向他们围拢。他们身处一片木棉林中，树林挺直而平滑地由四面向上延伸至极高处。在树林之上是金色的山顶和太阳。然而在遥远的山脚，马在岩石和树丛中挣扎向上之处，是阴冷发蓝的阴影伴随着水流声，间或出现像老人胡子做成的灰色彩花、零零散散的老鹤草花，斜搭在这片处女地的乱丛残垣之中③。

---

① D. H. Lawrence, *The Woman Who Rode away/ St. Mawr/ The Princess*. London: Penguin Books Ltd., 2006, p. 11.
② D. H. Lawrence, *The Woman Who Rode away/ St. Mawr/ The Princess*. London: Penguin Books Ltd., 2006, p. 14, p. 25, p. 35.
③ D. H. Lawrence, *The Woman Who Rode away/ St. Mawr/ The Princess*. London: Penguin Books Ltd., 2006, pp. 194-195.

从这一详尽的科学考察和勘测式的描写中我们可以捕捉到早期殖民游记的书写传统，即尽力呈现殖民地多样的物种和地理面貌，这也符合普拉特所说的"of-all-I-survey"叙述模式。普拉特的这种提法很明显是受福柯对边沁全景敞式监狱的论述启发。福柯在《规训与惩罚》中介绍边沁的全景式监狱，其论述重点在于自上而下的权力推进和渗透社会规训模式，而其中最为重要的一个环节便是"能够解析空间分配、间隔、差距、序列和组合的机制"①。福柯认为有效的规训机制是建立前期对空间信息的收集、处理和系统规划。只有全面掌握空间信息，权力的全面渗透才成为可能。在全景图的观看模式之下，西方人得以获取尽量多的地理空间相关信息，它不仅仅是美学和智识上的满足，它还涵盖了广泛的实用性内容，从而便于对殖民地空间使用方式和潜在价值作出规划与评估，为以后的开发做准备。这一科学化的认知模式把征服对象纳入认知秩序，并被用于制图学和土地勘测，而后将被分类和标记，并转化为控制，这些又进一步彰显了理性思维的价值和殖民事业的进程。

由此看来，劳伦斯对异域景观的再现是典型的将自然对象化的处理方式，不管是从审美还是使用价值上来说，都彰显了理性的胜利，并代表殖民者主体行使殖民权力。但劳伦斯的景观书写也不全然彰显单向权力输送，其中还体现了他者对殖民者主体性的侵蚀，是权力的逆向流动，这首先诉诸"地之灵"（spirit of place）。劳伦斯的"地之灵"概念来自于原始文化的万物有灵论（animism）。万物有灵是土著民族的宇宙观，在他们的眼中，地球上的一切生物都具有灵气，是神灵的化身。在劳

---

① 米歇尔·福柯：《规训与惩罚》，刘北成、杨远婴译，三联书店，2010，第234页。

伦斯看来，这种栖居于万物的灵性便是潘神（Pan）的化身，在《圣·马尔》中，劳伦斯借一位男性客人之口说出了潘神的意义：

> 我想说他就是藏身于万物的神灵。在那些时日，你看到事物，却看不到栖身在其内部的神灵，我的意思是说树啊、泉水啊、动物啊这些。如果你竟然看到了神灵，而不是事物，那说明你已经死了。你用肉眼看到什么，那就是什么。然而在夜晚，你可能会看到神灵。你知道它就在那里①。

正是因为万物都有灵性，是神灵的法身，所以劳伦斯才会进而认为"每一块大陆都有自己伟大的地之灵"②。同时，由于劳伦斯对工业文明和帝国文化所倡导的"同化世界与同一世界"③的反对，他开始意识到地域性和本土文化的重要性，这些主张都被他写进了异域的景观中。劳伦斯对"地之灵"的强调将他的景观书写与其他帝国书写区别开来，他开始强调人与周遭事物的交流，并将景物与人物心理相联系。小说中的景观再现都是主人公的个人化体验，而劳伦斯对个体的定义并不是现代性意义上具有自由意志或政治意义上的个人，而是一种"即时的自我"④。自我瞬间体验中的景观书写也蕴含着双向的交流，

---

① D. H. Lawrence, *The Woman Who Rode away/ St. Mawr/ The Princess*. London: Penguin Books Ltd., 2006, p. 85.
② D. H. Lawrence, *Studies in Classic American Literature*, London: Penguin Books Ltd., 1971, p. 12.
③ D. H. Lawrence, *Sea and Sardinia*, New York: The Viking Press, 1972, p. 91.
④ D. H. Lawrence, *Phoenix: The Posthumous Papers*, Edward D. McDonald, ed., New York: Penguin Books, 1978, p. 709.

更接近边界状态。在这样的体验中，自然景观或与主人公的心理同步，或者从外部侵袭主体的内在统一性。

在《公主》中，景观的色彩和色调变化成为主人公内心状态的一面镜子。首先，山体的色彩由最初的深蓝色到后来山谷的灰和黑，色调不断加深，亮度逐渐转暗，色调与明暗度的变化预示着主人公内心变得更加抑郁，也与叙事层面悲剧事件的发生相吻合。其次，黄色在故事中反复以各种形式出现，山林中的树叶颤动着土黄色的花瓣般的叶子，杨树则呈现阳光下水仙花般明丽的黄色。黄色的杨树随着"公主"目光的游动不断被前景化，仿佛一束亮光打在阴暗的山体上，象征主人公的主体性，不断强化主人公的精神在场。而在《圣·马尔》中，这种精神的变化是以景观的明暗对比来体现。露与一行人骑马远足至英国和威尔士边界山区，他们站在山巅举目远望，这时英格兰境内的一面处在巨大的阴影之中，而威尔士仍在阳光普照之下。这也与小说中女主人公对英国的极度失望以及将希望寄托于出走他乡的情结相呼应。在美洲大陆上，整个山林充满了明艳的火焰般的色彩，"像火雨一样倾泻而下，坠落在大地上"①。美洲大陆火一般旺盛的生命力与英格兰死寂的阴暗形成鲜明的对比，道出了主人公"出走"的动机。而在《羽蛇》中，大部分的墨西哥景观都具有某种狂野和焦躁的特质，与主人公对墨西哥的某些先入之见对应，以凯特眼中的某段庄园景观为例，劳伦斯描述道：

湖水满满的，神秘而躁动，湖边漂着一大片冲来的水

---

① D. H. Lawrence, *The Woman Who Rode away/ St. Mawr/ The Princess*. London: Penguin Books Ltd., 2006, p. 168.

草。野禽从北方飞来,成群的野鸭像阴霾一样遮住天空,还有一些像野草一样漂在水面上。很多的野禽、水鸟、野鹤,甚至白色的内海海鸟聚集在这里,仿佛将北方的神秘一下子带到了南方。陆地上一股水汽,让人感到心驰神怡。凯特坚信,墨西哥人骨子中的恐惧就来自于这片土地上永远无法缓解的干燥和阳光残暴无情的暴晒。如果空气中总有些许水汽,树林中能蒙上一层水雾,氤氲在人们心中那不可言状的恶意便会消失①。

以上文字表明,劳伦斯将墨西哥的自然充满神秘而躁动的特点归咎于这片土地炎热干燥的气候。这种气候不仅造就了这里的自然环境,还塑造了墨西哥人的精神特征和心理状态,这便是"地之灵"对人的影响。

在劳伦斯笔下,"地之灵"不仅造就了一方水土与人,它还对外来事物产生极大冲击,侵蚀着他们的意志和自我。《圣·马尔》中美洲大地的"地之灵"中还潜藏着对外来事物的侵蚀与损耗的力量,新英格兰夫妇拓荒失败便是"地之灵"对所向披靡的殖民精神的回击。他们在山上建造了小屋、水渠,甚至架起了铁制的水管,"将山中的泉水驯服,并为自己所用"②。他们在山中种起了苜蓿、豆荚、胡萝卜和土豆等农作物,收成可以拿到市场上变卖,甚至还养起了山羊。劳伦斯在描述白人夫妇的拓荒过程时甚至用起了《创世纪》的笔调:

---

① D. H. Lawrence, *The Plumed Serpent*, New York: Vintage Books, 1992, pp. 404-405. 译文部分参考《羽蛇》,郑复生译,山东文艺出版社,2010。
② D. H. Lawrence, *The Woman Who Rode away/ St. Mawr/ The Princess*. London: Penguin Books Ltd., 2006, p. 167.

另外，既然在新墨西哥已经有人开始盛赞墨西哥人做的羊奶奶酪，那么也该养些羊。

于是便有了羊。最后，他们有整整500只羊①。

文中类似于"要有光，于是便有了光"的叙述表明，开垦土地对于殖民者来说具有创世的意义。然而，劳伦斯并没有对拓荒进行大肆宣扬，到后来，笔锋一转，他描述了农场逐渐衰败的过程。值得注意的是，衰败的原因并不是白人夫妇的懈怠，而是来自"地之灵"的破坏力。先是出现断水问题，随后是有毒的野草与瘟疫，这让羊群遭受灭顶之灾。马也总是受伤，意外事件频频发生。最后，人开始病倒。渐渐地，他们就像被抽调脊髓一样，丧失了抗争的意志。

……这其中最神秘、最坏的便是地之灵的力量：这残酷的地之灵，像某种蛇一般的鸟一样不断袭击着人，仿佛对人的开拓与创造充满仇恨。

这低等生命像一口沸腾躁动的大锅，烹煮着高等生命的每个器官，将他们的灵魂煮化，将他们的脊髓煮烂。这些汇聚在一起的低等生命有着广阔而不屈的意志，永远抵抗着人创造更高级的生活和成为更高级的造物的企图。

……

这些内陆山脉的神灵冷酷、善嫉、无情，比人更大，

---

① D. H. Lawrence, *The Woman Who Rode away/ St. Mawr/ The Princess*. London： Penguin Books Ltd., 2006, p.167.

也更低等，但人无法驯服他们[①]。

白人夫妇后来只能把农场出租给了一个墨西哥人，他在这里以种豆荚为生，但也渐渐被山林中的破坏力量驱逐，最后农场再次易手，被新来的露给买下。

《公主》中山林的神秘力量化作一股冷气侵袭着女主人公的身体和内心。在其执意坚持下，女主人公与墨西哥男导游继续向山林深处进发，她来到湖边，"感受到寒冷重重地压下来"，太阳渐渐落下，远离山尖，"将她留在幽深的阴影中"，湖边不远处的山猫冷冷地注视着她，眼神中带着某种"冰冷的好奇与挑衅"[②]。夜晚，她在沉睡中梦见雪穿过屋顶落在她身上，几乎将她掩埋，她觉得越来越冷，"仿佛雪会将她吸走"[③]。于是她不得不向导游求助取暖，并在某种奇妙的力量下与之发生关系，但在天亮之后又拒绝承认，这让墨西哥导游愤怒至极，从而导致悲剧的发生。在小说中，劳伦斯特意强调他们之间的关系是在女主人公的主导下发生的。确切地说，她"希望"这一切发生，对此劳伦斯特意将"希望"（willed）一词用斜体强调，表现这是其自我意志的结果。实际上，小说早已点明"公主"多莉（Dollie）出游的目的在于深入未知的他者世界，而墨西哥男导游便是"他者"的具象。罗米洛（Romero）对多莉的吸引力也是未知的他者世界对多莉的召唤，而她最终通过身体的融合

[①] D. H. Lawrence, *The Woman Who Rode away/ St. Mawr/ The Princess*. London: Penguin Books Ltd., 2006, p. 170.

[②] D. H. Lawrence, *The Woman Who Rode away/ St. Mawr/ The Princess*. London: Penguin Books Ltd., 2006, p. 205.

[③] D. H. Lawrence, *The Woman Who Rode away/ St. Mawr/ The Princess*. London: Penguin Books Ltd., 2006, p. 205.

打破自身与他者的边界正是受"地之灵"影响的结果。

在两部小说中,劳伦斯频繁使用"意志"(will)一词。从哲学上来说,意志是主体性的体现。不管是《圣·马尔》中具有不可征服的意志的山林,还是《公主》中对唤醒女主人公意志的寒冷,都体现出"地之灵"对白人主体性的侵袭。罗伯兹(Neil Roberts)在讨论《公主》时提道,"自我无法通过意志达到亲密,它只能被'击碎'"①。罗伯兹的评论很好地概括了小说中"地之灵"对主体的作用。在主体与他者交汇的边界状态下,"地之灵"成为一种外力,击碎了主体的外壳。这种外力一方面让主体感受到客体的压力,使其意识到自由意志并不自由,就像《圣·马尔》中展现的那样,它以一种隐秘的力量对抗着主体性。正是这种对抗力量使得异域的土地并不是可以被文明随意征服的客体,而是一种能施展自我意志的主体。这种书写方式恰好是劳伦斯景观书写的特别之处,有论者就指出,"劳伦斯的'地之灵'撼动了中心与边缘差别的正当性",这样,"劳伦斯文本中的每个地方和人种都变成'自我中心的'"②。而在双重主体的冲突中,其中一边内在自我的稳定性也被打破,这也起到了拓展主体边界的作用。《公主》中多莉看似被动地遭到侵犯,实际上是她主动试图跨越边界与他者进行深度接触的结果。虽然结果是悲剧式的,她嫁给了一个年长自己很多的人,并以此重复早年与父亲在一起的生活模式。多莉的尝试强烈地冲击了她的内在稳定自我,但她最终恢复到原来的状态,这显

---

① Neil Roberts, *D. H. Lawrence, Travel and Cultural Difference*, New York: Palgrave MacMillan, 2004, p. 115.
② Eunyoung Oh, *D. H. Lawrence's Border Crossing: Colonialism in His Travel Writings and "Leadership" Novels*, p. 43.

然只能以出现精神问题为代价。这一结尾实际上是劳伦斯对重建和恢复主体边界的拷问，虽然这预示着劳伦斯认为白人意识与他者融合不存在可能，但劳伦斯对"地之灵"的书写已经非常生动地再现了"主体对主体"的内在冲突。

从劳伦斯的景观书写中我们可以看到，其中既隐含了对客体进行审视的传统理性文明的认知模式，代表着殖民主体对其统治对象行使权力。同时，我们也可以看到来自他者的抵抗力量，他们对其自身主体性权力的伸张。由此看来，劳伦斯笔下的景观书写不再只是帝国主义霸权文化引导下的单向权力运作，而是一种边界即时状态下的双向交流。在这个过程中，个人的主体边界发生变化。不管是新英格兰夫妇最后放弃继续经营农场，还是多莉最后的结局，或者是凯特最终觉得成为墨西哥人的马林琦（Malintzi），都反映了主体边界在他者的冲击下被解构而后又重新建构的过程。也正因为如此，劳伦斯墨西哥系列小说虽然也是在描写异域经历，但其中的主人公已经不再像传统的游记和探险小说那样，具有一个稳定的自我。她们一方面可以具有殖民者的认知模式，但另一方面又由于受到"地之灵"的冲击而不断修正自我的边界，再现了跨文化边界状态下人的主体性的流变。

三　日常生活中空间的争夺

在殖民过程中，随着物理空间的扩大，人的心理边界也随之扩张。然而，如前文所述，心理边界扩张是以主体的核心外壳被击碎为代价，外部世界的事物由此撼动主体的自我认知，使其丧失内在稳定性。也就是说，在跨文化情境下，主体的身份感实际上时刻处在变动的风险之中。所以,通常殖民者在殖民地的统治措施便是建立人种隔离机制。白人殖民者在政治、文化和生活上都享有绝对特权,而为保证白人的这种优越性,殖民者尽可能将当地人排除在自己的圈子之外,在空间规划上也尊崇内部与外部的二元对立体系。空间等级的确立有利于维持统治秩序,最大限度排除殖民地人对"主子"的干扰。而且空间隔离秩序的建立预示着将殖民地人视为低等人,其中隐含着对他者的歧视和侵犯,对此殖民地人也常常以隐秘的方式回击。殖民地人常常暗中搅扰殖民者这种空间秩序,与殖民者争夺空间的使用权。这一点在小说《羽蛇》的第一章便得以生动呈现。小说第一章描写了主人公凯特与其表兄等一行人来到斗牛场观看斗牛表演,进场不久他们就与几个墨西哥人因座位的原因发生争执:

"但愿他们别坐在我的脚上。"凯特焦急地说。

"我们不要让他们坐在这儿",凯特发愁道,"为什么你不把他们推开?瑞,把他们推开"。

……

"不!"威林尔兹用标准的美国英语说道,"这地方我要放脚,走开,你走开!"

……

很明显,这个家伙有点自卑综合征,因自卑而好斗、好胜。但后来,他还是作出了让步。他用西班牙语嘟囔了一会儿,大概意思是他只在这里坐一会儿,朋友一来他就走,边说边朝前几排招手。威林尔兹没有听懂他的解释,仍坚持让他走开:"我不管你怎么说,这地方是我的,你必须走开。"

啊，自由之乡！墨西哥，自由的乐土！这两个人都在为自己的自由而"斗争"，到底谁能得到自由呢？是那个墨西哥人自由地坐在威林尔兹放脚的地方，还是后者自由地把脚放在那里？①

最后，凯特以自己"爱尔兰式的恶毒"嘲讽墨西哥人剪裁拙劣的衣服。这样的攻击彻底击垮了对方的自尊，让其仓皇逃离。值得注意的是，劳伦斯用自由间接隐语对此次事件作出评论，这直接道出了边界状态下两个具有自由意志的主体对空间使用权的争夺。虽然在这一特定情境中，个体权利的归属很难裁定，但"那个墨西哥人"这句笼统的称呼说明，主人公已经就自我与他者作出内部与外部的区分。此情节中出现的几个西方人，分别来自爱尔兰、美国和波兰，彼此相互认识，知道对方的名字，于是临时组成了一个可以用"我们"来指代的内部团体，共同抵抗来自"他们"这一外部势力的侵犯。

小说《羽蛇》中充满了类似的空间争夺场面，这其实也是殖民者日常生活的一部分。面对外界的侵扰，殖民者在空间分配上尽量保持内部与外部对立的秩序，在这一过程中，高墙与隔离起到了至关重要的作用。自文艺复兴以来，英国人开始用篱墙的意象来表现政治主题，英国被比作关锁的花园。在莎士比亚的戏剧中有一个常见隐喻，即用花园来象征英国，并将围在不列颠周围的大海比作围墙②。由此，篱墙内外世界被赋予二

---

① D. H. Lawrence, *The Plumed Serpent*, New York: Vintage Books, 1992, pp. 6-7.
② 参见胡家峦《文艺复兴时期英国诗歌与园林传统》，北京大学出版社，2008，第171页。

元对立的象征意涵，内部代表秩序与和谐，而外部则是混乱与危险。这一传统沿袭至大航海时代，特别是随着海外殖民领土的扩张，篱墙内外衍生出家园与旷野的意涵，内部的花园代表欧洲，是"家"的象征，而旷野则意指美洲新大陆。到了维多利亚时代，由于"家"具有封闭与私密的特点，"家"开始具有特别重要的含义，阿姆斯特朗（Frances Armstrong）在讨论狄更斯小说对英格兰社会百态的描绘时发现，维多利亚时代的人们寻求"家"（即由高墙将外部隔离的内部空间）的庇护是一种对急速扩张和发展的世界的应激反应，在这样的心理状态下，人们甚至对家产生具有宗教性质的崇拜①。这将"家"与花园的象征联系起来，"家"于是成了和谐与秩序的新中心，而家之外的公共空间则是他者区域，是征服和规训的对象。在殖民地社会，殖民者的家尤其需要以特定的方式来打理，由此显示宗主国的权威与秩序，而且被冠以文明的标志来教化殖民地的土著人。正如学者马克克林多克（Anne McClintock）所认为的那样，"帝国主义融合了维多利亚式的家庭崇拜和历史上对私密空间与公共空间的区分，并紧密围绕殖民主义与种族思想形成新的含义"②。而在篱墙内外世界的含义衍生成欧洲与海外殖民地的过程中，家成了帝国身份的代表，花园也并未从中隐去，它成为"家"的一部分，是"家"与旷野的过渡空间。

在小说《羽蛇》中有多处对花园的描写，体现了欧洲文化传统的影响，花园的空间布局也是这些在异域土地上的欧洲人

---

① See Frances Armstrong, *Dickens and the Concept of Home*, Ann Arbor: UMI Research Press, 1990, p. 16.
② Anne McLintock, *Imperial Leather: Race, Gender and Sexuality in the Colonial Contest*, Londonand New York: Routledge, 1995, p. 36.

保留其民族身份的方式。在墨西哥境内，几乎所有欧洲族裔的家都建有各种规格的花园。小说第二章描述了凯特应邀参加欧丽斯太太茶会的经历，这位英国大使遗孀的家就是一座被高墙围住的洋房。房前有一片庭院，院中布满各种盆花，在院子的中央有一个装满清水的石盆，周围栽种着高大的阿兹台克松柏等树木①。凯特的乡间小舍也有类似的布局，小庭院里种着夹竹桃和木槿花，中间有个小水塘，而环廊内放置着各种本地和外国品种的盆花，院墙外则是浓密的杧果树②。小说中一个重要人物——西班牙裔的庄园主雷蒙的家则是一个规模更大的庭院，府邸就坐落在湖湾，连接处有个小水池，水池和湖之间是一片杧果林，而周围是成片的农田和果园。别墅由高墙围绕，门廊外是很讲究的花园，花园中心有个精致的水池，而两边则由杧果树围绕，一直延伸到湖边③。

　　这些欧洲殖民者的宅邸都以同样的风格来建造，而且均沿袭了文艺复兴以来的欧洲园林传统。在文艺复兴时期，花园被视为宇宙的缩影，也是对创世之初伊甸园的复制。因此，花园中央通常都建有水池或喷泉，象征世界中心的生命之泉，周围则按几何图形来设计和建造，象征宇宙秩序。小说中的花园也遵循同样的建造模式，花园的中心或修建水池，或摆放水盆，周围摆放的鲜花种植在花盆内也是为了更加有序地摆放，而周围的树林则起到了篱墙的作用。家对在殖民地定居的欧洲族裔来说，是一个非常重要的身份表征，正如研究者凯兰（Hilary Callan）在其书中所写，"在一个殖民者或移民社会，被适当打

---

① D. H. Lawrence, *The Plumed Serpent*, New York: Vintage Books, 1992, p. 27.
② D. H. Lawrence, *The Plumed Serpent*, New York: Vintage Books, 1992, p. 106.
③ D. H. Lawrence, *The Plumed Serpent*, New York: Vintage Books, 1992, pp. 153, 160.

理的家不仅仅是文明化的前提，也是其组成部分"①。因此，殖民者宅邸庭院中的花园不仅遵循着文明与旷野、秩序与混沌的区分，这一文明空间还是殖民者在殖民地领土上刻意开凿的自我空间，既有助于自我界定，也能将他者排除在外。正因为如此，花园还具备了某些与主体性相关的附加功能。花园与主体性的内在关联同样可以追溯至文艺复兴时期。受古希腊哲学家将花园与心灵等同的影响，文艺复兴时期的艺术家把花园视为心灵的象征。由此，花园不仅是只有"秩序的花园"的象征意义，还具备了"沉思的花园"的实用性意义。人们在花园中独自沉思，获得心灵的愉悦和智力的满足，花园也由此成为自我发现并彰显与主体性价值的地方。

小说《羽蛇》主要探讨的是西方文化与墨西哥本土印第安文化之间融合的可能性，女主人公凯特从最初典型的爱尔兰女性到成为雷蒙所创立的新教女神马琳琦的成长过程是故事的主要发展线索。凯特刚来到墨西哥时，异域"地之灵"与他者文化对她的核心自我形成冲击，使她始终被某种焦虑感所左右。小说前六章便是讲述她为摆脱内心的焦躁不安，从城市逃往乡村的过程。对于初来乍到的凯特来说，墨西哥城市的混沌、喧嚣和潜藏的暴力威胁成了她挥之不去的梦魇，她迫切地渴望"藏起来，永不与人交流"，而一座乡间居所便是最佳隐匿之地：

她想要一座老式西班牙民居，内部是有花有水的庭院。向内伸展，融入被围墙环绕的花的世界。远离齿轮运转的

---

① Hilary Callan and Shirley Ardener, eds., *The Incorporated Wife*, London: Croom Helm, 1984, p. 9.

尘世，再也不去看那恐怖的机械世界。只去观赏园中宁静的喷泉和橘树，还有头上那片晴空①。

她对乡村花园的极度渴求说明她对主体危机的解决方式不再是征服他者，而是通过向内自省来寻求稳定的核心自我。而在这一过程中，"沉思的花园"自始至终都扮演着至关重要的角色。当她在乡间住所定居下来之后，她总是独自一人坐在庭院的门廊上，"面对着深邃的夜空"，在点点烛光中欣赏着院中的花卉，并以此来缓解异域的恶劣天气和陌生人群对她造成的困扰②。当她与雷蒙第一次深入谈论后者的宗教复兴计划时，她并不赞同，但雷蒙的问题"你为什么旅行，为什么要看不同的人"让她陷入沉思。随后他们俩一起在花园中，凯特追忆过去，而雷蒙则畅想未来。天空、过去与未来将故事引入宇宙和时间的深度，而凯特和雷蒙的沉思则将他们还原成经典的笛卡儿式主体，通过沉思的意识他们追寻着自我主体性的内在核心。此外，花园中反复出现白色夹竹桃的意象，它其实以一种异域风味代替了英国传统园林中的白玫瑰（这也是劳伦斯以英国为背景的小说中经常出现的花园意象）。玫瑰是英国国花，而白色是精神的颜色，花园中的白玫瑰不仅强调了其与精神世界的关联，同时也象征着英国的民族性。可以看到，小说中的花园被刻上了浓厚的英国传统特色，而主人公在其中寻求精神的安宁实际上还原了花园与旷野、内部与外部的对立，花园便是小说中主人公身份的体现。

麦克卢奇（Stefania Michelucci）在探讨《羽蛇》中的空间

---

① D. H. Lawrence, *The Plumed Serpent*, New York: Vintage Books, 1992, p. 101.
② D. H. Lawrence, *The Plumed Serpent*, New York: Vintage Books, 1992, p. 219.

描写时发现，不同于西普里阿诺（Cipriano）的不断迁徙与居无定所，凯特和雷蒙都需要扎根于某一固定的居所①，她的发现也恰好指出了主人公的身份问题。西普里阿诺是印第安后裔，他的根源自墨西哥的"地之灵"，并不需要通过扎根来获得身份认同，因而不断迁徙的生活并不影响他精神上的归属感。而凯特和雷蒙是外来定居者，他们的根深深地扎在欧洲，殖民地并不能成为他们心灵的皈依，因此在殖民地的家成了他们维系自我身份认同、保持稳定内在自我的核心的重要依据。这说明，家中的庭院与花园是一种重要的抽象空间，对帮助维持殖民者的主体性起到了关键的作用。

殖民者宅邸周围的高墙划定了内部的文明、秩序与外部的旷野、混乱的边界，甚至在住宅内部也遵循严格的隔离规则。正如威廉姆斯（Peter Williams）所指出的那样，"家是一个'据点'，在这里居所的物理形态、内部与外部的设计与形式都反映了社会关系，及其背后的社会力量与条件，将'空间的'与'社会的'融合成不可分割的整体"②。威廉姆斯实际上沿袭了列斐伏尔空间政治的理论思路，认为空间并不是一个中空的区域意识，而是社会的产物。空间既是社会生产关系的历史性结果，又是其前提和基础，概言之，空间是"（社会的）产物"，是"历史的产物"③。殖民地一个重要的社会规则便是等级制度，而当地人通常被视为未经开化的蛮族，因此隔离与区分便成为殖

---

① See Stefania Michelucci, *Space and Place in the Works of D. H. Lawrence*, Trans. Jill Franks, Jefferson: McFarland & Company, Inc., Publishers, 2002, p. 97.
② Peter Williams, "Consisting Class and Gender: A Social History of the Home 1700-1901", in *Class and Space: The Making of the Urban Society*, N. Thrift and Peter Williams, eds., London: Routledge & Kegan Paul, 1987, p. 155.
③ See Henri Lefebvre, *The Production of Space*, Trans. Donald Nicholson-Smith, Oxford UK: Blackwell Ltd., 1991, pp. 26, 34.

民者维持其等级划分的重要的空间制度。除了高墙以外,殖民者通常会划出一片特定的区域作为殖民者社区。这些社区通常远离殖民地人聚居地,而且接近山林和农场,或者殖民者本身就是大农场主,自己生产和提供必要的食物和生活用品,小说《圣·马尔》与《羽蛇》对此均有体现。

除了公共空间的区域划分以外,家庭内部空间也遵循一定程度的隔离原则。殖民者维系日常生活需要当地劳动力,这样他们不可能完全将当地人排除在自己的生活范围之外,有时甚至不可避免地需要与他们生活在同一屋檐下,所以在家庭内部也需要区分与隔离。通常情况下,作为仆人的本地人一般被限制在厨房或离主人生活起居较远的区域。这种隔离制度实际上是沿袭了英国贵族家庭的空间等级划分方式,他们将仆人限定在庄园的下层区域,除非必要,不能擅自进入主人生活的上层区域。殖民地白人的家通常是平层建筑,所以无法像国内那样进行纵向隔离,而是代之以横向隔离的方式。在小说《羽蛇》中,凯特与她的仆人胡安娜(Juanna)一家生活区域的划分便是如此。在凯特的乡村小居中,胡安娜和她的两个女儿与一个儿子蜗居在餐厅隔间突出部分的一间杂乱小屋内,里面没有床,只是一些垫子。而与此形成鲜明对比的是,凯特拥有四间卧室供她挑选。胡安娜一家主要的活动区域就是厨房,即便如此,由于对"下等人"健康和卫生状况的不信任,空间上的隔离甚至发展成生活习惯上的划清界限,殖民者在家中尽量保持原来的饮食习惯,禁止餐盘上出现本地食材。根据斯迪尔(Flora Anne Steel)与嘉迪纳(G. Gardiner)的描述,殖民地(主要指印度)的食材没有英国的新鲜可口,食物"超乎寻常的油腻与发甜",他们据此给出了许多将食物烹饪得更加"英国化"的加工方式①。这些殖民生活指导贴士揭示了西方人对殖民地食物的偏见,劳伦斯小说中的凯特也流露出类似偏见。在她看来,胡安娜餐盘中的墨西哥食物是"惯常的又烫、又油、又辣的米饭"与"惯常的又烫、又稠、又油的汤汁佐下的肉"②。凯特的早餐通常是整齐摆盘的水果、白面包、小餐包与咖啡。劳伦斯寥寥几笔,就已经刻画出西方人的偏见,以及作为殖民者对隔离机制的自发拥护。

在劳伦斯的小说中,不仅有他作为殖民者对既有的空间隔离制度的维护,他同时还细致再现了受压迫者的反抗。《羽蛇》中的胡安娜始终暗自与凯特争夺着小屋中的控制权。她不断出现在凯特的生活领域,扰乱殖民者制定的空间规则,小说中一个诙谐事件便是例子:凯特有客人从外地来探访,她在门廊处接待客人,与他们一起喝茶,而胡安娜一家恰好蹲在对面,一边抓虱子一边玩闹,"他们想要在大家视线以内","就是想要把虱子这个基本事实甩在那些白人眼前"③。凯特对此感到极其尴尬,也相当愤怒,走到他们面前说,"如果你们必须要抓虱子,到那边,到你们自己的地方,那个不会被人看到的地方去抓"④。胡安娜则以嘲讽的眼神来回击。小说中还有许多类似场景,均以胡安娜的出现来打破凯特的空间特权。从凯特刚开始入住,胡安娜竭力夸大居住环境的危险性,然后安排自己的儿子守在凯特房间门外,说这能确保她的安全。她总是喜欢破坏凯特的规矩,随意挪动餐桌的位置,甚至闯入主人浴室这样的私密空

---

① See Flora Anne Steel and G. Gardiner, *The Complete Indian Housekeeper and Cook*, London: William Heinemann, 1911, p.368.
② D. H. Lawrence, *The Plumed Serpent*, New York: Vintage Books, 1992, p.141.
③ D. H. Lawrence, *The Plumed Serpent*, New York: Vintage Books, 1992, p.144.
④ D. H. Lawrence, *The Plumed Serpent*, New York: Vintage Books, 1992, p.145.

间，只是为了询问买鸡蛋的问题。她一直挂在嘴边的"妮娜"（Nina）传达出她对女主人的过度关注，而"妮娜"对于墨西哥人来说，就是对外国房主的通称。她用"妮娜"表现亲昵的同时，也对凯特外来人的身份进行明确提示。随后劳伦斯用自由间接隐语来传达隐含的点评，点破了问题的实质：

> 能使凯特眼冒怒火这事儿让胡安娜非常愉悦，以此为乐。这让她产生某种细微的权力感。确实，她也有些怕凯特生气，但这正是她想要的，若不是这样，她就对那个自己还是有些畏惧的妮娜一点用处都没有了。她就是想激起她的愤怒，这样她才能对此产生一丝卑微的畏惧感①。

实际上，"妮娜"这一称呼已经点明了空间的归属，凯特只是众多外来租客中的一位，而胡安娜一家是常年住在这里的当地人，他们才是房屋事实上的主人。而胡安娜对凯特的故意违逆，就是在与凯特进行空间权力的争夺，这样，她们之间的对立便成了种族与阶级空间政治的集中体现。如前文所述，殖民者为保持自己高等人种的身份，在殖民地设立了一系列的空间隔离规则。而实际上，殖民地的空间隔离本质上是一个主体性的维持问题。从哲学的角度来看，主体性就是个体对人之为人的经验以及自我所展开的反思，而对于时刻处于空间中的主体来说，最直接的经验就是身体和身体所占据的空间。而人始终处于与其他个体并存的群居形式中，主体性的建立也需要其他个体的参与。社会化的环境必然带来空间上的矛盾，即既需要

---

① D. H. Lawrence, *The Plumed Serpent*, New York: Vintage Books, 1992, p.145.

维护自身活动的个体空间，又得融入更大的群体活动的社会空间，分界机制便产生于此①。所以，分隔区域的稳定性在一定程度上反映了主体性的稳定性。在宗主国内部这样的成熟社会中，由于社会形态已经形成，相应的大家对空间规则也没有任何异义。《圣·马尔》中女主人公很自然地将他者划入"下层"阶级，而越界也通常是主人公露或她的母亲发起，作为仆人的爱尔兰人刘易斯（Lewis）与印第安裔的费尼克斯（Phoenix）从未有过故意越过自己的活动空间的行为。而在殖民地范围内，由于殖民社会建立的时间不长，异质性程度较高，且大部分空间规则都是由殖民者单方面制定，并强迫当地人遵守。这种情况下，社会结构相对不够稳固，所以殖民地空间是一个充满冲突与不确定的区域。正是由于所有的边界线都尚未明确，主体时刻处在一个随时可改写与挪动的状态。也正是因为如此，权力的中心与边缘的两极结构中产生了具有革命力量的缝隙。

胡安娜的越界行为就是在缝隙中打破白人空间权力结构，并彰显自我身份与主体性价值的革命行为，而日常生活成为她的主要战场。实际上，日常生活并不是人们通常所认为的那样，是琐碎和平庸的代名词，相反，正是由于它是人最现实、最具体的生活实践，所以它反而处在人存在的中心。列斐伏尔（Henri Lefebvre）指出，"只有在日常生活中，造成人类和每一个人存在的社会关系的综合，才能以完整的形态与方式体现出来"②。列斐伏尔的论述表明，日常生活也是历史文化与意识形态的写照，社会的政治环境同时在家庭的日常生活中得到映射。或者可以说，社会与日常生活的关系是辩证的，它们之间的相

---

① 详见童强《空间哲学》，北京大学出版社，2011，第134-142页。
② Henri Lefebvre, *Critique of Everyday Life*, London: verso, 1991, p. 97.

互影响反过来也成立。卢卡奇就认为,"体现在实践与意识形态之中的社会性,却只有在日常生活当中才能逐渐成熟起来"①,也正因为如此,"异化与反异化的斗争恰恰只能主要在日常生活中进行"②。在殖民社会,白人"主子"将殖民地人视为劣等人与统治对象,实际上是对他们主体性价值的异化,他们也以此为由剥夺了殖民地人大部分的政治权力,使他们失去通过正常的渠道争取自身权益的可能性,只能采取一些较为隐秘的抵制策略。恰恰由于日常生活通常处在政治中心之外,这为颠覆既定的权力结构提供了大量缝隙。因此,小说中胡安娜一家的"胡闹",是他们以日常生活为战场对以凯特为代表的殖民权威的挑战。确如劳伦斯所言,胡安娜的行为能让她从中获得"某种细微的权力感"。或者更准确地说,这种"权力感"能够使其萌生出与自我主体价值相关的身份意识。见缝插针的权力争夺使得他们对自我身份的界限尤其重视。胡安娜的女儿们暗自抵制凯特对她们进行的文化教育,她们不愿意将自己的工作程式化,做任何事情都在打闹嬉戏,她们总是故意忘记打扫卫生,也忘记保持衣装整洁。她们比凯特还坚持白人制定的饮食分界,从来不吃面包,认为"那根本不是食物"③。不管是胡安娜一家对殖民者空间边界的僭越,还是他们对自我边界的奋力守护,他们都是以日常生活为战场,打破以同质化的权力模式对个体及其私人领域的控制和压迫。这种小策略与小花招不仅破除了种族空间秩序的束缚,也帮助殖民地人顺利勾勒出具有差异性的个人主体性边界。

---

① 卢卡奇:《关于社会存在的本体论》,重庆出版社,1993,第643页。
② 卢卡奇:《关于社会存在的本体论》,重庆出版社,1993,第805页。
③ D. H. Lawrence, *The Plumed Serpent*, New York: Vintage Books, 1992, p. 212.

值得注意的是,《羽蛇》中不仅有胡安娜一家这样的被统治阶级对殖民空间秩序的僭越,同时也有来自凯特这样的殖民者阶级主动的越界行为。在小说中,凯特毫无顾忌地接纳了胡安娜的表亲,新婚夫妇玛利亚(Maria)和胡里奥(Julio),将他们安排在客房住下。她似乎对墨西哥人极其好奇,曾尝试对胡安娜的女儿进行文化教育,甚至愿意偶尔品尝一下墨西哥人的玉米饼。在一个停电的夜晚,她主动前往胡安娜一家的生活区域,在厨房小隔间内和他们一起读"羽蛇颂歌"(*Hymns of Quetzalcaotl*)。实际上,凯特的越界行为源自劳伦斯本人对空间权力秩序的深刻洞察,他常常在小说中对权力空间话语进行嘲讽和鞭挞。宋永基(Youngjoo Son)就指出,"劳伦斯笔下的空间是一个社会文化场域,其间充斥着不同性别与阶级之间的斗争,是滋生出压制女性、男性暴力以及对此的抵制力量的异质性空间"①。他还进一步指出,劳伦斯小说中的空间是"多面且动态的社会空间,虽然充满不平等的社会关系,但也具有反抗和变化的可能性"②。宋永基从劳伦斯本人对权威质疑的角度说明,劳伦斯笔下的人物具有挣脱体制枷锁的主动性,这也解释了小说中凯特最后留在墨西哥的情节走向。但在殖民地,殖民者主动打破空间界线其实还有更深层次的原因。

正如劳伦斯在小说中所点明的那样,"受害者,必然的受害者,也是必然的施暴者"③。施暴者与受害者并不是泾渭分明的两极,而是相辅相成随时可以相互转化的辩证统一体。殖民者

---

① Youngjoo Son, *Here and Now: The Politics of Social Space in D. H. Lawrence and Virginia Woolf*, New York & London: Routledge, 2006, p. 22.
② Youngjoo Son, *Here and Now: The Politics of Social Space in D. H. Lawrence and Virginia Woolf*, New York & London: Routledge, 2006, p. 23.
③ D. H. Lawrence, *The Plumed Serpent*, New York: Vintage Books, 1992, p. 213.

为与属下阶层划清界限而制定的空间隔离政策，不仅是对殖民地人的暴力剥夺，同时使他们自己也成为受害者。简言之，施暴者从来都是暴力的受害者，这种现象被阿希兹·南迪称为"同构式压迫"，这是伴随殖民进程而产生的显著心理现象，而"殖民主义必然认可同构式压迫原则"①。在隔离政策的影响下，殖民者将殖民地人排除在自己的生活圈子之外，并由此陷入孤立无援的境地。《羽蛇》第二章"泰拉克洛拉茶会"中，博拉普夫人（Mrs Burlap）讲述自己在街上滑倒的经历：

"我摔倒了。当然，我挣扎着起来的第一件事就是将地上的橘子皮捡起来扔进垃圾箱里。说出来你都不会相信，那么多的墨西……"她略微调整了下自己，"那么多人就站在角落里，看着我这么做，他们开怀大笑。仿佛这是一个绝妙的玩笑。"

"他们绝对会这样做"，法官接着说，"他们就等着下一个人走过来摔倒呢"②。

博拉普夫人虽然是在讲述不愉快的经历，但其中依然隐隐透露出些许优越感。他们这些成长于西方社会的白人是受过良好教育、具有公共意识的文明人，即使在摔倒后都不忘维护公共场所的卫生。然而，"文明"强调了白人与墨西哥人之间的差异，博拉普夫人差点脱口而出的"墨西哥佬"其实已经暗示，她在潜意识中将自己与墨西哥人区别开来。而实际的情况是，

---

① Ashis Nandy, *The Intimate Enemy: Loss and Recovery of Self under Colonialism*, Oxford: Oxford University Press, 1983, p. 31.
② D. H. Lawrence, *The Plumed Serpent*, New York: Vintage Books, 1992, p. 39.

他们对墨西哥人的印象本来是一种偏见，恰恰是他们刻意为之的"文明"行为，以及他们言语和神色中透露出的歧视，割断了他们与墨西哥人的连接，使他们不得不面对墨西哥人的冷漠态度。而凯特主动抹除界限，接纳胡安娜的表亲，进入他们的生活领域，这些行为都是在重建与墨西哥人之间自然的人性连接，从而获得来自他者的支持与保护。

其实，以一个白人妇女视角展开的墨西哥经历说明，小说的主要内容就是对劳伦斯自己边界体验的再现。在陌生环境和陌生文化的冲击下，即便是有优越的政治地位保护，白人也不得不面对各种异质性因素对自我的冲击，以及其他安全方面的威胁。小说始终蕴藏着某种由恐惧引发的情绪张力，仿佛墨西哥就是一个危机四伏、暴力嗜血之地，"其地之灵便是残酷、沉降与毁灭性并存"①。作为一个白人，凯特在这样一个世界孤立无援地面对着各种陌生事物所带来的压迫感，于是，在一个停电的夜晚，她不顾自己的身份与空间禁忌，步入胡安娜一家的生活区域。胡安娜对凯特的来访也一语中的：

那么，过来吧，妮娜。你晚上孤单单一个人真可怜！②

"孤单单"就是白人殖民者在殖民属地的处境，异地统治造成的孤立无援的处境是殖民者日常生活中随时需要面对的问题，而这些不安全因素最终汇聚成一股倒逼之势，迫使殖民者不得不以更为柔性的姿态来面对空间隔离制度，殖民地的日常生活也由此变得更有流动性。

---

① D. H. Lawrence, *The Plumed Serpent*, New York: Vintage Books, 1992, p.45.
② D. H. Lawrence, *The Plumed Serpent*, New York: Vintage Books, 1992, p.220.

由此，我们可以看到一条与空间有关的变化线索：殖民地空间从最初画地为牢的理想化的隔离空间变成边界相对模糊、蕴藏着巨大改变与革新可能性的阈限性空间。正是在这样的居间状态下，"民族性、社群利益或文化价值的主体间性和集体经验得以被协商"①。换句话说，殖民者与被殖民者并不能被看作完全分割对立的社群，而权力也并非仅仅是在单向流动。"阈限性"（liminality）是一个心理学概念，霍米·巴巴将其用来阐释自己的"第三空间"理念。在阈限性空间中，不同文化、不同种族、不同阶级不断接触、对抗与交流，在这一过程中，对立双方各自的始源感已被打破。在阈限状态下，弱势的一方能够寻找到各种缝隙抵制霸权，强势的一方也不再具有纯粹而固定的身份意识。换言之，"第三空间"是一种"既非这个也非那个（我或者他者），而是之外的某物"②的状态，这其实也是劳伦斯自己在《羽蛇》中想要探索的状态。在墨西哥神话中，羽蛇是蛇与鸟的结合体，它象征着天与地、物质与精神、上部与下部的结合处，也是一种居间状态。劳伦斯正是想要复兴以羽蛇为图腾的宗教，并借以探索西方文明与阿兹台克文明的结合，对于他来说，理想的墨西哥也应该呈现一种阈限性的"第三空间"状态。在这里，不同的文化相互碰撞、交流，"在固定身份之间开辟了一种文化混杂性的可能，这种混杂性容纳差异而非一种假定的或强加的等级制"③。正因如此，我们发现，小说中凯特

---

① Homi Bhabha, "Between Identities", Interviewed by Paul Thompson, in Rina Benmayor and Andor Skotnes, eds, *Migration and Identity*, International Yearbook of Oral History and Life Stories, Vol. Ⅲ, pp. 189-190.
② Bill Ashcroft, et al, eds, *Post-Colonial Studies: The Key Concepts*, London and New York: Routledge, 2000, p. 130.
③ Homi Bhabha, *The Location of Culture*, London and New York: Routledge, 1994, p. 4.

步入胡安娜的生活领域也有更深层的隐喻内涵。她与墨西哥人一起诵读"羽蛇颂歌"实际上是一个仪式性的开端，为她后来加入雷蒙的宗教改革作了铺垫。从这个意义上来看，凯特也是一个阈限性人物，她起到了连接西方和墨西哥的作用。

小　结

空间是人类存在的基本形式，它与时间一起，决定着人对世界和自我的认知。在古典时代，人们更重视思想领域的历史时间维度的探索，而到了现代社会，特别是进入 20 世纪以后，空间问题开始进入人们的视线，成为学术界的热点问题。在这场思想领域的"空间转向"（spatial turn）中，人们越来越意识到空间与生产实践之间的密切关联。列斐伏尔的《空间的生产》可谓空间研究领域最具影响力的著作，他提出空间实践、空间表征与表征空间三重合一的辩证关系。在他看来，空间不仅具有社会性和历史性，还蕴藏着巨大的革命性力量。空间并不仅仅是一种物质存在，它同时还具有体验性和审美性。正是空间的体验将空间与社会历史文化和意识形态密切关联，在帮助主体进行自我定位的同时，也决定着主体的价值判断与取向。正如英国文化理论家丹尼·卡瓦拉罗所说，"空间的构造以及体验空间、形成空间概念的方式，极大地塑造了个人生活和社会关系"。因此，我们从劳伦斯墨西哥小说中表现的各种边界空间状态，可以发现，特定的历史文化背景下殖民文化主体的流变过程。

在劳伦斯所处的时代，殖民主义意识形态依然是西方社会最具影响力的社会导向。以海外探险为书写内容的小说作品层出不穷，康拉德的《黑暗的心》、福斯特的《印度之行》等都是此类题材的代表作。劳伦斯的几部墨西哥小说也是以海外拓展为主题，书写主人公从自我文化"出走"，希望在他者文化中找到新的扎根土壤。从最初动机上讲，劳伦斯的小说体现了他作为一个殖民者开拓的野心。而且小说中人物在空间中的自由移动，以及以世界为版图的心理疆界都是以殖民开拓为前提才可实现。主人公在踏上异域土地时，由于自我文化的先在影响，也具有十分强烈的殖民者视角，对自然投射出征服的欲望和权力意志。而在随后与他者进一步的接触中，殖民者意识不断受到来自他者的挑战。异域空间的"地之灵"形成某种反噬的力量，击碎了殖民者主体稳定的外壳，使得殖民者的征服意志在自然面前败下阵来。而在定居生活后的日常空间中，殖民者为了维持和巩固自我身份而划定的空间边界也因为他者的反抗和自身的需要而变得不再清晰，而隔离的空间秩序也开始向共生和依赖转变。小说主人公的空间体验揭示出，在自我与他者不断互动的接触域的边界状态下，他者是如何对主体的稳定性形成干扰，使其不再是一种稳定的存在，而是处于不断变化的过程中。

中篇
殖民主体对他者的矛盾态度

如果说殖民进程的首要任务是拓展疆域和占有土地这样的空间问题，那么在占有空间之后，人与人之间的跨文化交流也是一个不容忽视的议题。随着殖民者与被殖民者相互往来的加深，差异开始凸显，冲突也日益加剧，由此带来很多涉及身份认同与社会关系的问题，身体恰好处在所有问题的中心。人在世界上生存，所有关于外部世界的直观体验都通过身体来实现，所以，身体是人存在的核心要素，也是主体性的直接外现。由此看来，身体和空间一样，也是具有特殊意义的社会符号，它既可以表征社会关系，也能对其施加一定的影响。正如特纳（Bryan Turner）所说，"所谓'自然态身体'已经并将始终被赋予文化理解与社会历史"[1]。也就是说，身体被赋予了特殊的特征与意义，具有话语的性质。也正因为如此，它并不是属于中立范畴，而是权力斗争的场域。列斐伏尔在研究空间问题时也观察到身体的重要性，他指出，"位于空间与权力话语的真正核心处的，正是不能被简化还原、不可颠覆的身体"[2]。而对身体

---

[1] Bryan S. Turner, *The Body and Society*, 2nd ed. London: Sage, 1996, p. 34.
[2] Henri Lefebvre, *The Production of Space*, Oxford: Blackwell Press, 1991, p. 170.

与权力关系研究最为全面与深入的当属福柯。身体对于福柯的重要性不言而喻,几乎他的所有著作,从《疯癫与文明》到《临床医学的诞生》《性史》以及《规训与惩罚》,都是在谈论身体与权力的关系。他甚至将自己的著述看作一部"'身体史',一部关于身体当中最具物质性与生命力的东西如何被贯注的历史"[①],其核心要义就是要勾勒出"身体与施加在身体上的权力的效应"之间的关系[②]。

身体与权力的关系揭示出身体的政治性,因此身体成为权力运作机制的表征。在现代社会中,权力对身体施加的影响变得越来越微妙,"可能有一种关于肉体的'知识',但不完全是关于肉体功能运作的科学;可能对肉体力量的驾驭,但又不仅是征服它们的能力;这种知识和这种驾驭构成了某种可以被称为肉体的政治技术学"[③]。在殖民地社会,这种关于身体的"政治技术"也得到了最大限度的发挥。从殖民者踏上新大陆伊始,他们就开始实施对土著人身体的控制。人类学、人种学以及医学等学科将"野蛮人"(the savage)的身体作为研究对象,生产出大量关于他们身体的知识,而这些知识和空间知识一样,最终也会转化为控制,为进一步的压迫和剥削服务。殖民地最基本的身体控制手段就是以肤色为前提的种族对立。白色人种代表文明和理性,而有色人种则被视为野蛮与原始。这样一来,白人便有了规训有色人种并对其进行统治的政治诉求。他们对

---

① Michel Foucault, *The History of Sexuality*, Vol.1: *An Introduction*, Harmondsworth: Penguin Books, 1981, p.152.
② Michel Foucault, "Body/Power", in C. Gordon, ed., *Michel Foucault: Power/Knowledge*, Brighton: Harvester, 1980, p.58.
③ 米歇尔·福柯:《规训与惩罚》,刘北成、杨远婴译,三联书店,1999,第28页。

有色人种的规训从身体开始。土著人被要求穿上西式的服装，绝不能衣不蔽体；他们还需要学习白人的社会礼仪，举手投足要符合西方的社交准则，否则就会被视为未开化者，被排除在主流社会之外。另外，为维持白人血统的纯正，有色人种被严密监控，不能随便与白人有不恰当的交往，而白人则通过宣传、隔离甚至立法的方式阻止异族通婚。不管是建立身体的相关知识，还是对他者进行言行的强制教化，其实都是对有色人种身体的剥削。面对各种不平等对待，土著人也以身体为战场来进行反抗，在多数情况下他们会将抵抗诉诸暴力。

如果说空间是身体的容器，那么身体便是主体的容器。身体的外部形态构成一种天然壁垒，将人与人区分开来。在殖民地，这种区分变得更为绝对，因为肤色就是一道难以逾越的分界线。但藏在身体内部的主体性边界却并非这样泾渭分明。主体的自我认同依赖于与自己身体和所处世界的关系的一些基本预设，但这些预设也有着"内在固有的变幻不定的性质"[①]。在传统社会，身份是通过出身、仪式和习俗自动施加于个体，是一种不由分说的命运。而进入现代社会，身份则变成了一种自我叙事，以反思的方式形成。传统越是丧失，人们越是无法在身份中找到安全、稳定的自我，个体也越发需要就各种生活风格选择进行协商，并赋予这些选择以重要性。施瓦布曾指出，主体意识中存在某种过渡状态，她将其称为"过渡空间"，它的作用在于"维护边界的灵活变动性，延伸或重塑边界，甚至整

---

① P. Berger, *The Sacred Canopy: Elements of a Sociological Theory of Religion*, New York: Anchor Books, 1990, p. 23.

合其在形成过程中被压制的部分"①。施瓦布对过渡空间的阐释非常明确地解释了主体性流变与边界重塑的关系,并且也暗示了此过程中存在某种想象和僭越的空间。

殖民地社会的传统在西方殖民入侵的过程中被迫中断,被裹挟着走进现代性。而现代性带来的身份流变在殖民地人身上表现得更为明显。首先,在西方文明的影响下,殖民地人被迫采取一种特定的身体规制(body regimes)。比如,先前衣不蔽体的土著人被迫穿上文明的服装,并接受文明举止的训练。身体规制让原本持有某种自然身体观的殖民地人越来越无法将身体看成是一种"给定"的特征,从而任由反思性的自我规划和外部形成的抽象系统进入与身体相关的主体意识。如此一来,主体性的边界被打开了一个豁口,自我开始越发向不确定性倾斜。其次,由于传统的身体观出现断裂,主体也开始遭遇一种本体性安全感的丧失。所谓"本体性安全感"是社会学家吉登斯提出的一个概念,在他看来,这是指一个人对于"自然世界和社会世界,包括自我和社会认同的基本生存特征,都感到自信和信任,相信所见即所得"②。一旦本体性安全感缺失,人便面临着被焦虑吞噬的前景,对自身以及周遭世界是否有意义、是否存在充满怀疑。在前一种状态下,主体被迫需要重新探索存在的意义和重拾确定的自我身份认同。但这对于殖民地人而言,是一个极为艰难的过程,因为被西方人置入的"文明观"会不断冲击他们本来已经岌岌可危的传统身份认同。他们被迫希望向白人主子的身份认同体系靠拢,而白人为维持自己高人一等

---

① 加布丽埃·施瓦布:《文学、权力与主体》,陶家俊译,中国社会科学出版社,2011,第29页。
② A. Giddens, *The Constitution of Society*, Cambridge: Polity Press, 1984, p.375.

的社会地位，也会极力将殖民地人排挤在这一体系之外，因此，殖民地人将始终无法获得确定的身份归属感。而在后一种状态下，殖民地人由于受到身份焦虑的困扰，也很容易陷入失控，从而产生暴力和僭越的冲动。来自"野蛮人"的反抗又会反过来冲击白人的"本体性安全感"，使得他们也陷入不同程度的身体和身份焦虑之中。因此，在这种边界状态下，实际上主体和他者双方都在不断修改边界，并重新构建自我及其身份认同，主体性处在一种流变的过程中。就高度现代性的环境本身而言，身体越来越向重构开放，而处在现代性成熟时期的现代主义艺术不仅仅是在探索空间再现的新形式，同时也在通过身体探索主体性和身份认同的新边界。劳伦斯的小说身体书写与主体性边界重建的关系更加明显。在劳伦斯的墨西哥小说中，身体冲突是一个常见的主题，但在冲突之余，彼此都对对方的身体充满"想象"。正是这种"想象"打破了现实中由于种族隔离而形成的清晰的身体边界，使主体得以深入对方的世界进行窥探，预示了主体间相互交融的可能性。

一 身体书写与主体性边界重建

弗朗兹·法农（Franz Fanon）在其颇具影响力的著作《黑皮肤、白面具》中描述了一个殖民社会的经典场景，一个白人小孩在看到黑人后，对着自己的母亲说："妈妈，看那个黑人，我害怕！"然而，颇具戏剧性的是，场景中的黑人，也就是法农本人，其实是一个具有较好教育背景、从事专业度较高的职业的体面人。这样一个社会精英仅仅因为自己的肤色，便成了能够随时触发他人恐惧心理的符号化个体。法农的叙述揭示了殖民社会白人对深肤色人的刻板印象，他们常常被认为是具有强烈攻击性的未开化野蛮人，具有高度的危险性。西方人对有色人种的成见首先源于基督教的影响。基督教教义认为，身体是罪恶的本源，需要理性与智力加以严格控制和调节。土著人并不具备这种对智性具有很高要求的自控与自省能力，于是便被视为不受任何约束、完全由生物驱力所主导的前社会存在，威胁着西方既已形成的社会秩序。另外，西方传统的善恶二元论所宣扬的白与黑的对立，白意味着贞洁、美德与仁慈，而黑则代表罪恶、卑劣与邪恶，这也直接促成种族主义者以肤色为基础对白人和他者作出的区分，并让双方处于对立状态。西方人甚至建立起一整套支持其种族偏见的科学知识，并以此名义将有色人种贬为需要接受西方文明教化的低等人。比如，曾经风靡一时的颅相学就从生理构造的角度，详细解释了黑人在智力和其他社会能力上的先天不足：

> 凸颌（前突）型脸，皮肤多少呈黑色，卷发，在智力和社会角度上低人一等，这些往往相互联系；而皮肤多少呈白色，直发，直颌（平直）型脸，这些是人种系列中最高群体的通常配置。……黑色皮肤的群体……从未能够自动将自身提升到文明的阶段[①]。

通过文化与知识手段，白人心安理得地将有色人种，特别是黑人，视为野蛮、残暴和愚蠢的"卡利班"（Cannibal）。而不管事实上对方如何优秀，白人都对此选择性无视，正如法农抱

---

① Qtd. in Stephen Jay Gould, *The Mismeasure of Man*, Harmondsworth: Penguin Books, 1981, p. 834.

怨的那样，"（他）的政治态度，（他）的文学知识，（他）对量子理论的理解都得不到欢心"①。可以看到，由于白人与他者的身体差异被刻意凸显，而情感、智性等内在共性却完全被忽略，或者被故意作出负面导向。正是这种导向使得白人的优越性得以凸显，他们对有色人种的统治也由此变得合情、合理、合法。

除了根据身体的天然特征对人种作出区分，身体的社会性特征也是殖民社会划分种群的重要依据。作为统治阶级的白人在举止和服饰上大做文章，并借此在他们与所谓的属下阶层划出界线。布迪厄（Bourdieu）指出，对于任何处在社会中的个体来说，其身体都会从最初的自然实体转化为社会实体，社会身体的形成也就是通过言谈举止和衣着打扮来呈现自己所处社会阶层的过程②。更具体来说，身体作为社会实体，其形成主要涉及三方面因素：个体的社会位置、个体惯习的形成以及个体品位的发展③。其中社会位置是以阶级为基础的物质环境，而惯习的养成也是以物质环境和社会位置为背景，最基本的身体姿态如走路姿势、吃饭的样子、说话方式等等，"都关联着最为根本的建构和评价社会世界的原则"④。而品位则更是阶级的体现，它深刻影响着人们生活中对于自身身体外在表现的审美趣味和价值取向。总之，身体通过社会位置、惯习与品位的相互关联来表征个人在社会阶层中所处的位置，是其身份的体现。

在殖民地社会，人的举止礼仪和衣着打扮品位也强化了不

---

① 法农：《黑皮肤，白面具》，万冰译，译林出版社，2005，第89页。
② See Pierre Bourdieu, *Distinction: A Social Critique of the Judgement of Taste*, London and New York: Routledge, 1984.
③ See Pierre Bourdieu, *Distinction: A Social Critique of the Judgement of Taste*, London and New York: Routledge, 1984.
④ See Pierre Bourdieu, *Distinction: A Social Critique of the Judgement of Taste*, London and New York: Routledge, 1984, p. 466.

同种族之间身体的界限。处于社会上层的白人似乎更加有意强化与当地人之间的身体差异。他们在不太正式的场合也遵循着严格的衣着规范,让他们的日常生活仪式化,变得更加正式、严肃。据麦克米兰(Margaret Macmillan)观察,在殖民区域,"(白人)的服饰是一种女性不会被本地文化同化的视觉象征。尽管这样穿着并不方便,但作为主子的妇女一直到20世纪仍然坚持穿塑身胸衣,即便这在她们的家乡早已过时"[1]。博文(Bowen)也曾就殖民地英国人不知变通的穿衣方式有过一番戏谑,"几代建造帝国的英国人,完全无视原住民异样的眼光,在丛林中坐在箱子上,穿着全套的晚礼服,吃着蛋奶糕和鹅莓罐头"[2]。由此可见,服饰对于殖民地的白人来说显得更为重要,他们甚至不惜过度着装来显示自己的身份,因为这有助于维持他们与宗主国的联系,同时也能够让自己的外表与当地的土著人不同。在劳伦斯的墨西哥小说中,特别是《羽蛇》中,有大量笔墨来呈现这种由服饰来划分的身体边界。

《羽蛇》第一章凯特一行人与墨西哥人在斗牛场中的纷争便是以凯特对墨西哥人服饰的嘲笑而结束。在之前他们关于空间的争夺中,不管凯特他们如何愤怒,甚至用手推搡,也不能改变墨西哥人的态度,他就一动不动地坐在座位前的小空地上,无视对方的存在。而这时,凯特注意到了墨西哥人的衣服:

> 她眼睛盯着他那肥硕的后背,注意到他身上穿着一件

---

[1] Margaret MacMillan, *Women of the Raj*, New York: Thames & Hudson, 1988, p. 68.
[2] Qtd in Helen Callaway, "Dressing for Dinner in the Bush: Rituals of Self-Definition and British Imperial Authority", in Ruth Barnes and Joanne. Eicher, eds, *Dress and Gender: Making and Meaning*, London: Bloomsbury Academic, 1993, p. 232.

中篇　殖民主体对他者的矛盾态度

做工粗糙的黑色上衣,就好像是一个女裁缝带着怨念做的一样。一个大男人怎么能穿这么低劣的衣服,尤其是那个衣领,太不讲究了①。

她故意用刻薄的语气说:"你难道不奇怪他的服装师是谁?"而她的同伴也立刻明白了她的言外之意,附和道:"我敢说他根本就没有什么服装师,这衣服一定是他自己做的。"② 他们对衣服的一番揶揄和嘲笑赶走了那个之前对任何指责都无动于衷的墨西哥男人,"他站起来,灰溜溜地逃开,恨不得把自己的身体缩小"③。墨西哥人仓皇而逃是因为他意识到自己面对白人时无法逆转的弱势。他可以无视他们的言语和肢体上的攻击,甚至可以通过漠然的态度来与白人对抗,捍卫自己那么一点微弱的"自由",但他的劣质服装及由此显示的卑贱的社会地位,将他所有的防线击溃,这一简单明了的事实让他彻底明白,自己其实并不具备与白人抗衡的实力。

实际上,在劳伦斯的小说中,这种象征等级地位的服饰政治还有很多。第二章中,前英国大使夫人在自己宅邸接待凯特一行人时,盛装出迎:

她穿着一条丝绸的黑裙,身上披着一条上等的黑色羊绒披肩,上面嵌着小巧的丝质裹边和黑色珐琅饰物,她本人就像一个高贵的西班牙殖民领袖④。

---

① D. H. Lawrence, *The Plumed Serpent*, New York: Vintage Books, 1992, p.7.
② D. H. Lawrence, *The Plumed Serpent*, New York: Vintage Books, 1992, p.8.
③ D. H. Lawrence, *The Plumed Serpent*, New York: Vintage Books, 1992, p.8.
④ D. H. Lawrence, *The Plumed Serpent*, New York: Vintage Books, 1992, p.28.

与她呼应的是大法官太太,另一位上年纪的白人女士,她的穿着也显示出其尊贵的身份:

> 她穿着一件中国丝绸黑裙,灰色的头发,头上戴着一顶非常适合她的帽子,领子后面和两侧平整地挂着缎带,下面缀着鱼鹰模样的饰物。她长着一张娃娃脸,一双有点衰老的蓝色眼睛,说话带着中西部口音①。

与她们属于同一阶层的凯特的衣着也同样如此。在40岁生日那天,她精心打扮了一番:

> 她穿了一件长服,上身是黑色天鹅绒,下半身是一条宽摆雪纺裙,上面织着亮绿色、黄色和黑色的立体印花。她还戴了一条由玉石和水晶串成的项链②。

从"上等的""非常适合她的"等修饰词以及其他精巧昂贵的配饰来看,劳伦斯对这些上层社会的白人女士持正面印象,遣词造句都营造出她们优雅、华贵的形象。这其实也印证了上文所述的殖民者对服饰的过度矫饰,并以此来凸显自己在异国他乡高人一等的身份地位的社会风气。与此相对的是,小说中同样呈现了大量墨西哥人的服饰和气质面貌。和被凯特羞辱的那个墨西哥男人一样,低劣的面料和粗糙的做工都体现了他们卑微低下的地位和贫困的生活状态。而劳伦斯在刻画墨西哥人时,字里行间也透着贬斥的态度,并从他们的着装中解读出某

---

① D. H. Lawrence, *The Plumed Serpent*, New York: Vintage Books, 1992, p. 28.
② D. H. Lawrence, *The Plumed Serpent*, New York: Vintage Books, 1992, p. 56.

中篇　殖民主体对他者的矛盾态度

种低劣的民族性。在凯特眼中，城市中的墨西哥人总是令人反感的。在露天斗牛场内，除了墨西哥男人打扮得"令人讨厌"之外，女人们也一样显得廉价，缺乏格调：

> 那些胖乎乎的母亲们穿着黑色绸子衣服，边缘油亮发灰，脸上涂了厚厚的白粉。她们眼中透出欢喜和兴奋，这种兴奋劲还颇具挑逗性，但如果再看看她们那松弛臃肿的身体，就立马感到索然无味了①。

在教堂前的广场上，凯特仔细端详着来来往往的人群，他们的穿着也同样令她感到不快：

> 本地人穿着白色棉布衣服和凉鞋，戴着大帽子，像鬼魂一样在街上溜达。……他们肮脏的衣服，没有清洁过的脸，身上的虱子和茫然空洞的黑眼睛既让人恐惧又让人厌恶②。

而在希佑拉小镇上的广场上，聚集着大量的墨西哥中下层民众，他们在凯特的眼中依然不入流：

> 年轻的女孩儿们打扮得花枝招展，脸上敷着粉，挽着发髻，成群结队地拥入广场。她们黝黑的胳膊挽在一起，穿着长裙，戴着五颜六色的各种饰物，黑色的头发鼓出来。浓妆艳抹的脸显得有些可怕，脸被抹得很白，但是一种接

---

① D. H. Lawrence, *The Plumed Serpent*, New York: Vintage Books, 1992, p. 15.
② D. H. Lawrence, *The Plumed Serpent*, New York: Vintage Books, 1992, p. 46.

近小丑和死尸的白。……

雅客们穿着法兰绒的白裤,白色的鞋子和黑色的夹克,端正地戴着大草帽,拿着拐杖。他们看上去比农夫更讨厌,女里女气的,一副懦弱的样子①。

从这些劳伦斯对墨西哥人服饰的描述中可以看到,他们的衣服是以廉价布料制成,大红大绿的色彩说明他们品位低下、庸俗。他们缺乏内在精神,看上去像"鬼魂""死尸",劳伦斯描述他们的用词也表达了他对这些墨西哥人不体面的着装风格的嘲讽。劳伦斯的叙述说明,他依然以一个殖民者感性的眼光来看待这些墨西哥人。这是劳伦斯本身作为一个西方人的局限所在,在面对这些表象时,他没有能力站在一个更客观的视角来思考墨西哥人劣质服装背后的政治和经济因素。其实将上述引文稍加对比就可以发现,白人殖民者的服饰色彩多为端庄稳重的色调,且与穿着者的年纪和身份相符,面料也多为丝绸、锦缎、天鹅绒等高档面料,并且配以恰到好处的饰品。而墨西哥人的衣着,无论是面料还是搭配,都体现出一种花里胡哨的荒唐和低下,既不端庄也不得体的式样无一不在折射他们糟糕的穿衣趣味和低下的社会地位。

其实,品位并不是自然存在的天赋,而是一种惯习的自觉展现。换言之,品位是一种习得品质,它是在以阶级为基础的物质定位上培养起来的,它体现于身体,同时也深刻影响着人们对身体的相关取向。用布迪厄的话来说,它是"一种转变成

---

① D. H. Lawrence, *The Plumed Serpent*, New York: Vintage Books, 1992, p.112.

自然的阶级文化，体现于身体"①。而凯特对墨西哥人不讲究的衣领和"没有服装师"的攻击实际上源于她的偏见和无知。和生活在墨西哥的欧洲人相比，当地贫民根本无法养成较高的衣着品位，他们的衣着打扮受制于他们的社会地位。除了处于精英阶层的西班牙裔，大部分社会中下层墨西哥平民对身体的发展只能是基于"过日子"的基本需求，他们既不具备培养高端衣着品位和仪态的资源，也没有时间从事这种精细的身体构建，因此他们的身体自然呈现一种"不讲究"的状态。由此看来，殖民社会的统治阶级以肤色和服饰为基础，将自我与他者划出一道清晰而严密的界线。由于政治和经济原因，不管是肤色差异，还是着装品位的高下都使得这些区分身体的标准显得绝对化，受压迫的一方根本无法突破。所以，身体边界和空间边界具有很大不同，它没有留下任何反抗和颠覆的缝隙。对于弱势被殖民阶层来说，要跨越殖民者划定的身体边界，只能把自己打扮成殖民者那样，或者直接摧毁殖民者的身体，建立新的秩序。

墨西哥女人在脸上扑上厚重的白粉、将各种饰物戴在自己身上，五颜六色地混在一起，想要制造出一种搭配的感觉，这些手段都是为了改变自己的身体特征，使其在视觉上与统治者相似。她们尽力迎合欧洲人的审美和着装规则，就像法农所说的那样，殖民地的有色人种只有一桩心事，"变白"②。他们近乎"羽化"的愿望在小说《羽蛇》中胡安娜母女身上得到集中体现。胡安娜盯着凯特的脚惊呼："看哪，那双蒙大拉一样的双

---

① Pierre Bourdieu, *Distinction: A Social Critique of the Judgement of Taste*, London and New York: Routledge, 1984, p.175.
② 法农：《黑皮肤，白面具》，万冰译，译林出版社，2005，第39页。

脚!"接着蹲下来,入迷地用"自己黝黑的手指去触摸凯特那雪白的双脚"①。胡安娜的女儿玛利亚也经常去触摸凯特的手臂,有时甚至"偷偷地将自己黑色的手臂打在凯特肩上",此时脸上也会"闪过一丝黑蒙蒙的、祈福般的微笑"②。胡安娜和玛利亚对凯特的白色的身体近乎神经质的向往,其实是她们内心"变白"的愿望的投射。在与凯特白色肌肤的接触过程中,她们在内心想象自己拥有这样的肤色,这样一来她们也就不再低人一等,也不用再自我否定。只有这样,她们才能重新建立起有正常认知的自我。但与此相悖的是,被殖民者向白人靠近的愿望却被这些"主子"们解读成荒诞与滑稽的行为。就像小说中凯特对所有墨西哥人的衣着打扮以及对胡安娜母女行为的负面评价一样,自视高人一等的白人始终拒绝认可属下阶层为跨越身体边界所作出的努力。在这种柔性的抵制策略失效之后,被压迫者只能采取极端手段,用暴力摧毁白人身体的方式来夺取权力。正如法农所述,"被殖民者从其诞生起就清楚这个变得狭小的、布满禁令的世界,对于他来说,只能通过绝对的暴力来进行诉讼"③。所以,"去殖民化始终是一个暴力现象"④。这也是劳伦斯笔下的印第安人和墨西哥中下阶层贫民都对欧洲人有明显敌意,倾向于用暴力来宣泄自己对殖民统治与压迫的愤怒的原因。

在《骑马出走的女人》中,劳伦斯自始至终都着力刻画印

---

① D. H. Lawrence, *The Plumed Serpent*, New York: Vintage Books, 1992, p. 138.
② D. H. Lawrence, *The Plumed Serpent*, New York: Vintage Books, 1992, p. 213.
③ Frantz Fanon, *The Wretched of the Earth*, London: Penguin Books Ltd., 1967, p. 29.
④ Frantz Fanon, *The Wretched of the Earth*, London: Penguin Books Ltd., 1967, p. 28.

第安人暴力野蛮的形象：" 他们一看到传教士便会把他杀死"①；部落中唯一到白人社会生活过的印第安男青年表露出明显的恨意；他们粗暴地对待女主人公，将其作为祭品杀死，以期找回"被白人偷走的太阳"②，以极端的暴力方式完成复仇。《公主》中的墨西哥导游面对女主人公冷漠的态度和划清界限的行为，感受到莫大的耻辱，终于恼羞成怒。他将多莉对自己的否定上升到了种族层面，指责道，"你们美国人，你们总是想要将别人踩在脚下"③。出于报复，他将多莉囚禁在深山小屋中，并粗暴地将她的衣物扔进池塘。而在《羽蛇》中，小说从开篇到结尾都在渲染某种暴力氛围，劳伦斯甚至直接指出，墨西哥的"地之灵"就是一股残暴、毁灭性的力量。而对于凯特来说，只有在自己与世隔绝的乡间小屋和雷蒙的庄园中才能感到些许的安宁，而其他任何情境下，她似乎都感到不安。这样的情绪一方面来自于她在日常生活中观察到的印第安人的仇恨眼光，"他们坐在那里，安静而凝重，头脑不停地运转着，生产着某种神秘的思想，生产着杀机，意欲消灭一切光明和色彩"④；另一方面是对散布在墨西哥各地的流匪的恐惧。在凯特前往自己的乡间小屋的旅途中，坐在火车上，她担心前方"是暴动、抢劫、炸断的桥梁，这些都极有可能发生"⑤；在下榻的旅馆，她听说了

---

① D. H. Lawrence, *The Woman Who Rode away/ St. Mawr/ The Princess*. London: Penguin Books Ltd., 2006, p. 7.
② D. H. Lawrence, *The Woman Who Rode away/ St. Mawr/ The Princess*. London: Penguin Books Ltd., 2006, p. 28.
③ D. H. Lawrence, *The Woman Who Rode away/ St. Mawr/ The Princess*. London: Penguin Books Ltd., 2006, p. 28.
④ D. H. Lawrence, *The Plumed Serpent*, New York: Vintage Books, 1992, p. 113.
⑤ D. H. Lawrence, *The Plumed Serpent*, New York: Vintage Books, 1992, p. 81.

德国裔房主被劫杀的故事,"身体被捅了 14 个洞"①,而另一个地产经管人更为悲惨,"他的生殖器被割掉放到他的嘴里,鼻子和两只耳朵都被割下来,分别用仙人掌刺安在背上和脸颊上"②;在雷蒙的庄园里,雷蒙也被匪徒袭击而险些丧命。劳伦斯在小说中将这些极端暴力行为归咎于印第安人血统,认为他们血液中流淌着"神秘的、内在的邪恶"③。也正因为如此,后文雷蒙建立的新教仪式中,有印第安人血统的军官西普里奥诺担当了行刑者的角色,这也是在突出他暴力的特质。

处死、入侵、凶杀等情节透露出"野蛮人"对白人殖民者的愤怒和他们对长久以来所经受的压迫和剥削的反抗。值得注意的是,小说中印第安人对白人施加的暴力尤其针对身体。在《骑马出走的女人》中,印第安人去欲望化的暴力凝视消解了白人女主人公的主体意识,她变成"物体"(object),一种"渠道"(vehicle)时,并在最后的部落仪式中被杀死祭神,最终沦为仪式中的隐喻符号,一种从属于印第安部族的物质要素。而墨西哥导游对女主人公的报复也以扔掉她的衣物来体现。不论是将身体物化成仪式中的隐喻符号,还是将衣物丢弃,都是对她身份的消解,使其不再处于"主子"的地位,而权力的关系也得以扭转。在《羽蛇》中,凯特在旅馆听闻流匪骇人的暴力行为潜藏着墨西哥人对白人极度的仇恨,他们不仅毁灭白人的身体,并通过羞辱对方的身体来解构现实生活中难以逾越的身体边界。实际上,我们从这些暴力行为中已经可以看出法农所说的具有革命性的颠覆力量。在劳伦斯辗转于美国西南部与墨

---

① D. H. Lawrence, *The Plumed Serpent*, New York: Vintage Books, 1992, p.98.
② D. H. Lawrence, *The Plumed Serpent*, New York: Vintage Books, 1992, p.98.
③ D. H. Lawrence, *The Plumed Serpent*, New York: Vintage Books, 1992, p.97.

西哥期间，他在与印第安人和墨西哥人的正面接触中领略到了他们的反抗意识，并在自己的小说中进行了生动再现。也正因为如此，劳伦斯被认为具有超越自己身份和时代局限的反殖民意识。

但劳伦斯对他者暴力的刻画也不尽然是基于去殖民与谋求平等地位的政治诉求，或者更明确地说，他对他者暴力的刻画在一定程度上体现了他对他者的刻板印象。他和其他来自宗主国的民众一样，将土著人视为野蛮的低等民族，他们的暴力是食人生番式未开化行为。而在真实的历史情境中，即劳伦斯所生活的19世纪末20世纪初，西方人对印第安人形象的认知已经发生了变化[1]。他们从对任何经济活动无动于衷的野蛮生物变成与自然亲近、平和而勤劳的人[2]。转变的原因在于，经济上，铁路的开通使得美国西南地区从疗养地转变为旅游胜地。铁路公司由此转变营运重点，大力宣传西南风光，而烂漫的印第安人形象成为宣传重点[3]。政治上，特别是1887年《道斯土地分配法》的颁布，使得各印第安部落得到划定的保护区，白人和印第安人由此结束了长久以来的暴力对抗。种族压迫却以另一

---

[1] 故事发生的地点是墨西哥，印第安人也是墨西哥的阿兹台克族。但小说中涉及的对印第安人形象的塑造，应该是以劳伦斯本人的亲身经历为蓝本。笔者从劳伦斯的传记了解到，他在墨西哥期间唯一涉及阿兹台克人的经历只是曾到墨西哥城外28公里处参观过他们建造的金字塔群。而他能近距离了解印第安人的生活与习俗，则是他从墨西哥回到美国后在麦蓓尔带领下才得以实现（See David Ellis, *D. H. Lawrence: Dying Game, 1922 - 1930*, Cambridge: Cambridge University Press, 1998.）。笔者认为，这一部分的讨论涉及劳伦斯与印第安人互动的印象，他甚至体察到他们对白人目光的回视，那应该是来源于他的亲身经历，所以相应的应该以美国印第安人的历史为依据。

[2] See Helen Carr, "American Primitives", in *The Yearbook of English Studies*, Vol. 24, Ethnicity and Representation in American Literature（1994）, p. 194.

[3] See Leah Dilworth, *Imagining Indians in the Southwest: Persistent Visions of a Primitive Past*, Washington D. C.: Smithsonian Institution Press, 1996, p. 18.

种方式延续，美国政府开始实施文化殖民政策，强制部落儿童接受主流教育，印第安人内部对此反应各异，分裂为不同阵营。以劳伦斯曾经参观过的霍提维拉村（Hotevila）为例，它就是由对这一文化政策持抵抗态度的印第安人建立。但同时也存在"友好"的分支，他们更"乐于审慎地与华盛顿保持一致"[①]。不管从白人的外部印象还是印第安人内部反应来看，印第安人与白人的关系都已经不再是紧张对峙，若再将其视作暴力的野蛮人便与历史脱节。此外，在大众文化领域，特别是通俗小说和早期电影中，人们也倾向于按照原来的模式，将印第安人塑造成暴力、野蛮、刻板的形象[②]。罗伯兹（Neil Roberts）就发现，小说《骑马出走的女人》中，印第安人与女主人公对话时简短、神秘莫测的风格是在"模仿西部电影，或者一种更宽泛的通俗文化中与'野蛮人'交流的模式"[③]。大众文化的影响再次说明，权力扭转这一情节安排并不是站在印第安人的立场，而是在刻意迎合主流大众猎奇的阅读趣味。

另外，劳伦斯对墨西哥人暴力形象的塑造也主要基于西方人对其文化传统的认识。在《羽蛇》中，他将墨西哥人的暴力倾向归为对逝去的阿兹台克（Aztec）宗教传统的延续。而这种理解显然是受西方社会对历史上阿兹台克文化研究的影响。从16世纪开始一直到20世纪，西方学者一直致力于探讨阿兹台克人祭仪式盛行的原因。16世纪以来，大部分相关研究基本达成

---

① See Neil Roberts, *D. H. Lawrence, Travel and Cultural Difference*, New York: Palgrave Macmillan, 2004, p. 92.
② See Helen Carr, "American Primitives", in *The Yearbook of English Studies*, Vol. 24, Ethnicity and Representation in American Literature (1994), p. 194.
③ Neil Roberts, *D. H. Lawrence, Travel and Cultural Difference*, New York: Palgrave MacMillan, 2004, p. 107.

共识，认为原因非常浅显，就是受魔鬼的影响（这也将西方人的传教行为合理化）。17 世纪一个名为杰苏伊·阿古斯塔（Jesuit Iosephus Acosta）的学者就认为，人祭是"这个蛮荒国家在被恶魔控制下所形成的一种巨大惨剧"[1]。劳伦斯继承了这一传统，《羽蛇》一开篇他就将墨西哥描述为一个由邪恶力量统治的充斥着暴力和死亡的土地。"这也是死，那也是死，所有的都是死亡！死亡！死亡！经久不衰的阿兹台克人祭仪式，永远令人恐惧。"[2] 这就是墨西哥，一个"沉重的毒蛇一样的恶魔"[3]，像魔鬼一样冲击着人的灵魂。

但实际的情况是，即便是从阿兹台克本部族的角度来看，人祭仪式也并非仅仅是一种宗教产物，它还包含其他的政治和经济因素。在西班牙人的殖民统治之前，墨西哥境内最大、实力最强的政治力量阿兹台克人建立了王国，人祭仪式是这一部族最重要的集体活动。除了宗教原因以外，人祭仪式其实还是一种权力的展示，是"一种伴随阿兹台克帝国扩张策略而产生的权术形式"[4]。他们将杀人场面仪式化，甚至以大屠杀的形式来进行，然后将受害者分食，这都是为了对其他的从属部落形成震慑，让对方了解到"阿兹台克人的愤怒是不择手段和不加

---

[1] Jesuit Iosephus Acosta, *Mexican Antiquities Gathered Out of the Writings of Iosephus Acosta*: *The History of the Mexican Nation Described in Pictures by the Mexican Author*, 1625, p. 1037. Reproduced in Samuel Purchas, *His Pilgrimes in Five Books. Book 5*: *Voyages and Travels toand in the New World Called America*, London: William Stansby, pp. 1066–1067.

[2] D. H. Lawrence, *The Plumed Serpent*, New York: Vintage Books, 1992, p. 45.

[3] D. H. Lawrence, *The Plumed Serpent*, New York: Vintage Books, 1992, p. 23.

[4] Christina Jacqueline Johns, *The Origins of Violence in Mexican Society*, Westport: Praeger Publishers, 1995, p. 95.

限制的"①。强调其文化和宗教价值就是为了塑造一种意识形态，合理化阿兹台克人的统治策略。另外，大量暴力场面的反复出现也会加剧普通民众的暴力倾向，这就像福柯所描述的"断头台周围的骚乱"②，大范围人祭仪式的举行也会触发民众的暴力行为。另外，也正是通过文化和宗教的传播，暴力在墨西哥形成了一种传统，即使在西班牙统治期间，以及独立后至今，墨西哥人都保留着这一通过杀戮和极刑来威慑敌人的习俗。劳伦斯想要突出墨西哥人的暴力倾向，并用神秘主义的宗教文化来对其进行解释，说明他对墨西哥真实的历史了解十分有限。他的这种处理方式其实也是在迎合自西班牙殖民时期以来西方人对阿兹台克人祭仪式的看法。

《羽蛇》中的暴力并不仅仅是在空洞的宗教和民族性的层面来架构，劳伦斯赋予它更具历史性和现实性的形象，多次在小说中描绘潜伏在墨西哥乡村和山区的流匪（bandits）。更为可贵的是，劳伦斯实际上已经注意到了导致流匪盛行的经济原因，对此他在小说中有过相关陈述：

> 的确，这里的农民很穷。过去，他们一天挣到 20 美分，现在的标准价格 50 美分，或者说是一个比索。但是，过去他们常年都有钱可挣，而现在只有在春播和秋收两季他们才有活干。没有工作，便没有钱挣。在漫长的旱季，他们甚至几乎没活可干③。

---

① Fray Diego Duran, *The Aztecs: The History of the Indies of New Spain*, New York: Orion Press, 1964, p. 88.
② 详见福柯《规训与惩罚》，刘北成、杨远婴译，三联书店，2003，第 65 页。
③ D. H. Lawrence, *The Plumed Serpent*, New York: Vintage Books, 1992, p. 98.

中篇　殖民主体对他者的矛盾态度

小说中仅仅提到了"过去"和"现在"的对比，而在现实中，这段时间对应的是墨西哥历史上长达十年的革命战争时期（1910-1920）。这场内战缘于波菲里奥·迪亚兹政府的工业化改革，改革在早期颇有成效，但也逐渐引发诸多问题，大规模失业便是其中之一。这些问题在迪亚兹执政后期大规模爆发，人们终于集结起来，通过武装起义来推翻迪亚兹政权。从此，墨西哥社会各方势力为争夺统治权而展开角力，政局持续动荡，经济也濒临瘫痪。流匪很大程度上就是由希望改变自身生存现状的失业农民组成，他们原本是加入起义部队的士兵，但由于局势动荡他们很快又再次"失业"，摇身一变成为靠抢劫为生的匪徒。政局的不稳定导致法律不昌和社会秩序陷入崩溃。由于人们没有办法通过正当途径寻求正义，而武器和暴力又能够让他们更容易在与他人的争执中占上风，于是便有更多人成为流匪，通过暴力来维护自身权益[①]。这个历史背景说明，墨西哥境内盛行的流匪现象并不像其表现得那样是违法行为，它实际上是下层阶级对统治阶级的暴力反抗，具有武装革命的性质。这其实从墨西哥普通民众对流匪的态度中也可以看出端倪，与处于金字塔顶端的西班牙裔统治阶级与欧洲裔的外来者不同的是，墨西哥的底层人们更倾向于将流匪视为英雄。在他们眼中，流匪是"一些被迫实施犯罪行为的人"，"是社会不公和压迫的结果"[②]。对流匪身份的定位体现出某种认知含混，即官方所认为的"犯罪"还是下层阶级的"反叛"，对其持哪一种态度决定于

[①] 详见迈耶、毕兹利编《墨西哥史》，复旦人译，东方出版中心，2012，第518-555页。

[②] Chris Frazer, *Bandit Nation: A History of Outlaws and Cultural Struggle in Mexico, 1980-1920*, Lincoln & London: University of Nebrasca Press, 2006, p.145.

不同的立场，劳伦斯显然站在既得利益者的立场，因为他在小说中大部分情况下还是将流匪视为危害社会安全的叛乱分子。

劳伦斯在很大程度上将流匪的暴力行为归咎于墨西哥人的愚昧，认为导致这种野蛮行为的深层原因还是在于墨西哥人从阿兹台克部族那里继承来的嗜血和杀戮的民族性。但小说在情节安排上，除了雷蒙遇袭时与流匪有正面冲突（但这也很有可能仅仅是其他宗教派别派来的暗杀者，并不一定是流匪身份），大部分对流匪的描述都是以传闻和营造恐怖氛围之类的间接方式来体现暴力。这种叙事手法符合1848-1862年形成的盎格鲁·撒克逊墨西哥游记传统写法。此类游记的作者都在其作品中表达了期待碰上劫匪的愿望，因为这样的遭遇是"检验他们男性气质中的盎格鲁·撒克逊勇气、智谋和智慧的考验"，还可以"对比突出墨西哥匪徒的野蛮、不开化和贫困的特点"①。不管从劳伦斯对流匪的看法还是小说故事的叙事手法，都体现了劳伦斯作为白人对墨西哥人的一些既定成见，因此他对暴力的描绘并不具备去殖民化的力量。

综上所述，在殖民地社会，殖民者用肤色和着装为自己和当地人划出一条清晰的身体边界。这种身体边界相对绝对和固化，一方面可以帮助确保殖民者的优越地位，另一方面也扭曲了被殖民者的自我认知，需要通过各种方式突破边界，以期获得和白人平等的权利。他们通过模仿来拉近自己与殖民者的距离，但这并不能帮助他们获得白人的认可，反而受到轻视与嘲讽，他们只能诉诸暴力，以摧毁一切的方式打破由白人设立的规则，从而改变现有的权力结构。在劳伦斯后期的这几部以墨西哥为背景的小说

---

① Chris Frazer, *Bandit Nation: A History of Outlaws and Cultural Struggle in Mexico, 1980-1920*, Lincoln & London: University of Nebrasca Press, 2006, pp. 80-81.

尤其是《羽蛇》中，可以看到大量有色人种为突破与白人的身体界线而作出的对抗。作为一个极具洞察力的作家，劳伦斯敏锐地观察到了墨西哥社会中，深肤色的墨西哥人对白皮肤的向往，对白人衣着打扮的拙劣模仿，以及他们对白人的愤怒和暴力反抗，这些应该是基于他在墨西哥游历期间的亲身经历和感受。但同时，他也没能理解隐藏在其中的他者对现有社会秩序的有意识抵抗，而是倾向于以一种西方人传统而刻板的眼光来解读墨西哥人的暴力行为。可以看出，劳伦斯对这些身体现象的解读具有矛盾和含混的特点。一些评论家也注意到了劳伦斯的矛盾态度，金基德威克就指出，虽然和同时代的人相比，劳伦斯能更深入地体察他者的遭遇，并具备一定的去殖民化的反种族主义意识，但要他超越时代的偏见非常困难，而且很容易重新滑落回那个保守的自我中去，去殖民化的想象只是偶尔灵光一现的行为[1]。罗伯兹（Neil Roberts）在分析《骑马出走的女人》时也指出，"故事可以说是建立在一种辩证关系上，两极的一端是大家熟知的与'野蛮人'相遇的文化范式，另一端是与未知而陌生但也充满人性的他者相互碰撞的现实"[2]。所以，劳伦斯的矛盾实际上是一种非常真实的边界状态。他已经不再像萨义德在《东方主义》中所批判的那样，是以一种殖民者的统治姿态来对他者进行再现。小说中主人公的殖民者意识与他者面对面交流中已经产生了一丝滑动，这也是矛盾与模糊情感的原因所在。而劳伦斯对他者的矛盾态度不仅体现在他对墨西哥人暴力行为的再现和解读上，小说对白人与他者的

---

[1] Mark Kinkead-Weekes, "Decolonising Imagination: Lawrence in the 1920s", in The Cambridge Companion to D. H. Lawrence, Anne Fernihough, ed., Cambridge: Cambridge University Press, 2001, p. 67.

[2] Neil Roberts, D. H. Lawrence, Travel and Cultural Difference, New York: Palgrave MacMillan, 2004, p. 104.

欲望的描绘也体现了这种不确定的态度。

二 身体书写与主体性超越

如前文所述，殖民地社会中，白人与有色人种的身体之间存在绝对界限，处于弱势地位的有色人种为跨越边界不得不采取一些抵抗策略。他们向往拥有洁白的肤色和华贵的服饰，但他们只能用劣质的白粉和花哨的服饰来进行拙劣的模仿，当白人对此嗤之以鼻，否认他们为伸张自己的权利作出的努力时，他们或许只能用暴力来反抗。在这样高压、不平等的环境中，作为被统治和压迫的有色人种萌生出一种对身体的扭曲审美，即疯狂地向往更白的肤色。这种心理的产生涉及一个基本的认知原理，即他者的视线对自我认同的作用。从发生学的意义上说，"看"是自我建构形成的结构性时刻，拉康和萨特都曾提出，他人的目光对主体的自我认知有决定性作用。因此，"我"是一种"为他"的存在，需要通过他人的目光发现自己，进而实现自我认同。在白人建立的身体与身份标准下，有色人种的自我认同是分裂的，一方面他们渴望获得更多的权利和更高的社会地位，渴望得到他人特别是白人的认可，这样他们便需要重申自己身体的重要性；另一方面，他们又痛恨自己的肤色，因为正是这样的生理特征使他们被定性为野蛮、落后和残暴的族群，于是只能接受白人的教化和统治。为改善自己的处境，他们尝试着各种方法"乳化"自己，除了像《羽蛇》中提到的墨西哥妇女那样极尽所能地用粉来装饰自己的脸以外，他们对"白皮肤"的病态迷恋甚至发展成通过与"主子"联姻改善自己血统的强烈渴望。法农在《黑皮肤，白面具》中曾对此有过细致的描述：

> 我不愿被人认作黑人，而是要被认作白人。
> 然而——这恰好是黑格尔没有描述的一种认识——除了白种女人，谁能这么做？她由于爱我，向我证明我配得上一个白人的爱情。人家把我当作白人来爱。
> 我是个白人，他的爱情给我打开那条通往完整倾向的杰出长廊……
> 我娶白人的文化、白人的美、白人的白①。

法农的话精确还原了被殖民者的内在心理特征，在他们对白皮肤近乎疯狂的迷恋背后，是其对白人身份和地位的向往。

在劳伦斯的小说中，印第安人对白人身体的渴望也是随处可见。《圣·马尔》中的印第安仆人费尼克斯（Phoenix）就是一个对白人世界充满向往的活跃者。他喜欢捉弄主人家的其他女仆，在此过程中，他摆出一种优越的姿态，"他在进行某种粗鲁的卖弄，这样他可以在倾慕这些美好而年轻的乡村女佣的同时，还能让对方感到他把她们视为下等的仆人而轻视她们"②。偶尔，他跟在女主人露的身后，用情欲的眼光审视她的身体，打量对方"雪白光滑又修长的颈项"③。而露也觉察到了他的欲望和深层的心理动机，知道如果自己与他建立关系，"将会是对他虚荣心和自尊的极大满足。因为这将是拥有白人男性的那个

---

① 法农：《黑皮肤，白面具》，万冰译，译林出版社，2005，第46页。
② D. H. Lawrence, *The Plumed Serpent*, New York: Vintage Books, 1992, p. 66.
③ D. H. Lawrence, *The Plumed Serpent*, New York: Vintage Books, 1992, p. 75.

强大的世界的通道"①。《公主》中的男墨西哥导游在经历了那个寒冷的夜晚后,也非常期待能够得到多莉的认可,这种认可是来自女性对男性的爱慕和依恋,但多莉却立即与他划清界限,仿佛什么都没发生过,这直接导致了他后来的暴力行为。在《羽蛇》中,凯特与有印第安血统的军官西普里阿诺的联姻也是在后者的极力促成下才得以完成,或者可以说,是他在一步步诱导凯特接受他,并成为他的妻子。这几部小说中的印第安男性在与白人女性互动过程中都发挥了主动作用。用法农的观点来看,无论是费尼克斯、墨西哥导游,还是军官,他们对白人女性特别是有身份地位的白人女性的欲望显然并不是因为爱情,而是他们内心对白人权力的向往。正如路易·T.阿希尔在1949年种族大会的报告中所说,"在某些有色人种身上,与一个白种人婚配似乎胜过一切别的因素。他们从中得以达到同这个卓越的人种、世界的主人、有色人种的统治者完全平等"②。"平等的地位"其实才是有色人种的全部诉求,这也是费尼克斯要故作姿态地贬低白人女仆、西普里阿诺追求凯特时表现出刻意的尊贵感的原因。而墨西哥导游最后的暴力行为,其实也是为了抹除多莉的身份,将她与自己绑定在山间小屋内,从而实现自己通过占有白人女性来获得权力的愿望。

但这些在劳伦斯看来却是一种滑稽的行为,他无法像法农那样洞察黑人(或其他处于弱势地位的有色人种)与白人结合的欲望中所透露的反殖民力量和权力意识,而是以一个白人"主子"的立场来看待这一现象。他认为,黑人妄想与白人结合

---

① D. H. Lawrence, *The Plumed Serpent*, New York: Vintage Books, 1992, p.155.
② 转引自法农《黑皮肤,白面具》,万冰译,译林出版社,2005,第53页。

是他们毫不克制的情欲的表现，并非文明社会中男人与女人相互匹配的结合。在《圣·马尔》中，劳伦斯透过露的视角对费尼克斯给出了明确的评价：

> 只是，他内心的男性欲望根本无法把她当作一个女人来看待。在这一点上，她并不存在。他需要的是围着长披肩的印第安女人，或者墨西哥女人，以及她们那尖厉而忧郁的声音、柔和似水的谦顺以及她们那泛着暗光的洞悉一切的大眼睛。……她无法真正打动他，无法满足他鬼鬼祟祟的内心。他需要这种阴郁、尖厉和暗色的印第安质地。一些鬼鬼祟祟的、柔和的，像田鼠一样的东西才能真正唤起他①。

露认为费尼克斯的动机是希望获得白人的钱财和特权，还有白人男性所能享受的汽车、电影、冰激凌等一切现代生活方式，但她将这解读为一种妄想。"鬼鬼祟祟""田鼠"等措辞表明劳伦斯依然将印第安人视为低等种族，他坚定地认为他们并不具备与白人女性匹配的资格。在他看来，他们只能与自己的同类在一起，而费尼克斯只是"生活在人类聚居区的粮仓中发情的田鼠，竭力寻找着雌性的同类"②。劳伦斯显然注意到了这些暗肤色的人种想要带上"白面具"的渴望，但他并不认为他们的渴求具有正当性，他和法农一样都认为这是一种病态的扭曲心理。只是法农意识到这是由殖民社会不平等的社会规则造

---

① D. H. Lawrence, *The Woman Who Rode away/ St.Mawr/ The Princess*. London: Penguin Books Ltd., 2006, pp.155–156.
② D. H. Lawrence, *The Woman Who Rode away/ St.Mawr/ The Princess*. London: Penguin Books Ltd., 2006, p.157.

成，而劳伦斯则认为这是他们劣质的天性使然，"对于任何女人与他接近，他都只有一种解读，那就是'性'"①。从这一点可以看出，尽管劳伦斯并不支持白人对土著人的一些固定成见，他甚至讽刺"这些高雅之士不可避免地陷入感性认识中，就像闻到臭鸡蛋一样"②，但就他在小说中对印第安男性对白人女性的欲望的描写来看，他依然是一个典型的西方白人，持有"牢固的殖民者价值观"③。

与对有色人种对白人欲望的否定观点相对的是，劳伦斯的小说中似乎总是隐含着他者对白人深层次的性吸引力，小说中对他者身体的呈现也多带有情欲特征。在《公主》中，一开始女主人公就被墨西哥导游吸引，她捕捉到了对方眼中的"光芒"，她注意到了导游"强壮而洁白的牙齿"，"眼中生动、炙热的火焰"。这些让她觉得他们互相之间有某种"内在的认识"，而这些都让她想到了婚姻，觉得"他们之间的内在认识有种奇特亲密感"④。正因为如此，她后来与墨西哥导游发生关系其实也出自她自发的"意愿"（will）。在《圣·马尔》中，劳伦斯将这种具有动物性的身体的原始美感赋予了另一个仆人路易斯，他身上"隐形"（invisible）、来自另一个世界的神秘气质吸引着露和威特夫人母女二人，让威特夫人也想到了婚姻。在《羽蛇》中，劳伦斯对墨西哥人强壮而富有男性气质的身体进行了更为详尽的刻画：

---

① D. H. Lawrence, *The Woman Who Rode away/ St. Mawr/ The Princess*. London: Penguin Books Ltd., 2006, p. 158.
② D. H. Lawrence, *Mornings in Mexico*, London: Martin Secker, 1930, p. 54.
③ David Spurr, *The Rhetoric of Empire: Colonial Discourse in Journalism, Travel Writing*, Durhamand London: Duke University Press, 1993, p. 20.
④ D. H. Lawrence, *The Woman Who Rode away/ St. Mawr/ The Princess*. London: Penguin Books Ltd., 2006, pp. 190-191.

他们的头是黑色的，身体柔软红润，有种奇特的印第安人美感，但同时又让人感到害怕。他们的肩头柔软、宽厚有力，头微微前倾；肩也略向前倾，呈现出入睡前的放松姿态。棕红的皮肤泛着黑光，胸虽没有白人发达的肌肉，但非常强壮，富有男人味。……他们的平静和温软中有种黑色、沉重而有力的东西，他们裸着的身体上并非一丝不挂而是披着一层暗影，一种不安不明的东西。一个裸着上身的白人坐在那里，你可以看到他发达的肌肉，你会觉得他的一切都呈现在你眼前。而这些人不同，他们裸露的身体里，隐藏着属于人本身的神秘或者永恒的未知。他们属于昨天，或属于远古①。

印第安男人富有力量与性魅力的身体很是吸引凯特，她也选择了与印第安军官西普里阿诺结婚，成为墨西哥人的马琳琦（Malintzi）。值得注意的是，这些情节安排指向一个共同点，这些白人女性在感受到他者异性的性吸引力时，都无一例外地想到了婚姻。

实际上，在劳式哲学中，"婚姻"（marriage）是一个非常重要的概念，象征着完满：

> 在婚姻中，特别是在纯粹的、相互密切关联的婚姻中，男人和女人不再是两个独立的存在，他们变成了一个整体，并且只有这一个，并不是合并的一，而是绝对的一，一个几何意义上的绝对，不再有时间维度，是那个绝对至上的、

---

① D. H. Lawrence, *The Plumed Serpent*, New York: Vintage Books, 1992, p. 118.

神圣的存在①。

同时，劳伦斯还认为，实现婚姻的完满和整体的是性，"性是两股潮流开始分离的唯一起点，也是他们会合成一的终点"。这也是劳伦斯始终在自己的小说中孜孜不倦地探讨两性关系，并运用大量笔墨生动而详细地描写情欲，再现性场景的原因。正是这些或明或暗的性描写使他陷入一个非常尴尬的境地，他的作品被打上情色的标签而被禁，大多数同时代的人也不屑于以一个严肃作家的标准来评判他作品的思想价值。但他从未停止过对"完满"的追求，虽然随着生活经历的变迁，他的思想有调整，对人"完满"存在形式的探索也从最初男女两性关系逐步变成北方欧洲人与南方意大利人再到后来白人与美洲印第安人之间结合的可能性，其作品的主题也从最初对个体成长的追寻变成对整个西方文明的关注。受到当时原始主义风潮的影响，劳伦斯将西方文明未来的希望投向了异族他者，认为白人与印第安人的结合是拯救处于危机中的西方文明的一剂良方。我们从劳伦斯本人的言论中也可以窥见些许端倪。他身心俱疲，是在断定"英格兰没有未来，它只会退化和衰落"的情况下出走美洲②。在美洲他发现，要让处在迷失与断裂中的英国重新起步，希望"就在这里，在墨西哥"，因为文明的复兴需要两股力量的融合，即"暗色的手牵上白色的手"③。"暗"（dark）是劳

---

① D. H. Lawrence, *Study of Thomas Hardy and Other Essays*, Bruce Steel, ed., Cambridge: Cambridge University Press, 1985, p.75.
② George J. Zytaruk and James T. Boulton, eds, *The Letters of D. H. Lawrence*, Vol.II, Cambridge: Cambridge University Press, 2002, p.441.
③ Warren Roberts, James T. Boulton, and Elizabeth Mansfield, eds., *The Letters of D. H. Lawrence*, Vol.IV, p.520.

伦斯小说中常见的意象,它经常以发色、肤色、眼睛颜色以及服饰颜色等为表征出现在具有血性意识的人物身上。"暗色的手"则暗示出劳伦斯最后将"暗"的隐喻内涵赋予了墨西哥人,让他们来指涉"暗藏的人性的另一半"（dark half of humanity）①。

"暗藏的人性的另一半"就是理性、文明、性禁忌的对立面——血性、蛮荒与性欲。西方文明在理性的道路上走得太远,只有与崇尚感性与本能的原始文化结合才能产生完美的人类文明,因此,把目光投向土著人的原始文化成为包括劳伦斯在内的许多现代派艺术家的创作主张。在沿袭自己男性与女性二元对立体系的基础上,劳伦斯还进一步探讨了西方文明与原始文明的结合。在塑造这种跨越不同文明和种族的两性关系时,劳伦斯也遵循了当时西方社会将原始文化男性化的传统,正如卡比（Hazel Carby）的研究发现的那样,劳伦斯对印第安人男性气质的凸显并不是一种独特现象,而是当时社会上一种"乌托邦式的修辞"②。几部以墨西哥为背景的小说都是以女性为主人公,白人男性要么隐去,要么弱化成为印第安男性的对立面,而这种对立也从身体的角度得以体现。

在《圣·马尔》中,露的丈夫,瑞科被赋予了诸多女性化特质:他从来都是梳妆整洁,"绝对想象不出他的脸会脏,或者留有胡楂,绝对不会留胡子,连八字须都不会有"③;在骑马之前还要将自己的形象精心打理一番,穿上"白色的马裤,装点着紫色丝绸边的衬衣,戴了一条缀着红色图文的黑色领带,像

---

① James T. Boulton and Andrew Robertson, eds, *The Letters of D. H. Lawrence*, Vol. III, Cambridge: Cambridge University Press, 2002, p. 521.
② See Hazel Carby, *Race Men*, Cambridge: Cambridge University Press, 1998, p. 47.
③ D. H. Lawrence, *The Woman Who Rode away/ St. Mawr/ The Princess*. London: Penguin Books Ltd., 2006, p. 53.

瓢虫一样，穿着一双黑色马靴，最后戴上一顶黑色镶边的时髦小礼帽"①；他无法驯服自己的马，也不愿意进行户外骑马活动，更喜欢出入艺术沙龙、剧院、音乐厅等室内场所。没有男子气概的瑞科无法获得自己妻子的爱慕，甚至连仆人都不想听命于他。他将所有的怒气发泄在弄伤自己的圣·马尔身上，执意要将这匹难以驯化的马阉割，似乎这样他才能重新树立自己的威严。《骑马出走的女人》中女主人公的丈夫也是一个没有任何魅力的白人男性。在女主人公眼里，"他是一个过分拘谨的理性至上的孤儿，痛恨生活中自然的一面"，他毫无生命力的状态让她觉得，"肉体上，他从来就不具有任何意义"②。《羽蛇》中凯特与前两任丈夫也从未实现劳伦斯所说的能将双方融为一个绝对的整体的婚姻。劳伦斯正是在自己所设立的关于理性与血性、女性与男性、西方人与印第安人的对立框架下来展开叙述。所以，几部小说均以女性视角来凸显印第安人散发着男性魅力的身体。她们对印第安男人身体的欲望投射其实并不是像尼克松（Cornelia Nixon）所言，是劳伦斯内心对同性欲望的体现③，而是因为他认为西方男性已经不可挽回地失去了他们的性活力，而这只能从印第安人的原始生命力中才可以找到，而女性视角恰巧可以将这种欲望投射合理化，并自然引出两者联姻的情节安排。

此外，受殖民文化的影响，对印第安人男性身体的欲望投

---

① D. H. Lawrence, *The Woman Who Rode away/ St. Mawr/ The Princess*. London: Penguin Books Ltd., 2006, p.53.
② D. H. Lawrence, *The Woman Who Rode away/ St. Mawr/ The Princess*. London: Penguin Books Ltd., 2006, p.53.
③ See Cornelia Nixon, *Lawrence's Leadership Politics and the Turn against Women*, Berkeley: University of California Press, 1986, pp.14-15.

射其实也反映了当时白人对殖民地他者的潜在欲望。结合当时的殖民文化语境可以发现，对土著人身体的欲望曾是西方人一个重要的性宣泄出口。在维多利亚时期，社会上有严格的性道德规范，性话题的讨论仅限于人类学、医学、精神病学等专业范围内。人们之所以对专业领域的性意象具有一定容忍度，在于它们巧妙地将谈论对象转化为他者，从而使话语中相关能指与所指的内在关联移至另一时空维度，有效避免了与现有的社会道德伦理规范产生冲突。人类学摄影展正是从这一时期开始广泛流行，随之而来的是土著人，特别是土著女性裸体形象的大范围公示，甚至具有情色意味的照片也被归入人类学摄影名目之下[1]，而涉及白人妇女裸体形象的摄影作品却被广泛禁止。这一巨大反差说明土著人的他者形象为越界提供了极大余地，人们亦愈加纵容自己以土著人之名僭越当时的社会规则。19世纪的医学文献更是热衷于讨论黑人，特别是黑人女性性器官的基本特征，由此彰显她们原始的、动物般的性欲，并将其与妓女形象相关联。而同时期的医学报告却未见任何涉及男性生殖器的讨论[2]。土著人的身体表征了白人男性的欲望投射，在严格的社会禁忌中打开了一个缺口，对"性"的祛魅起到了推波助澜的作用。诚如学者伊拉扎·巴坎（Elazar Barkan）所言：

性表现（不管是与希腊相关还是与原始人相关，不管

---

[1] See Elazar Barkan, "Victorian Promiscuity: Greek Ethics and Primitive Exemplars", in ElazarBarkan and Ronald Bush, eds., *Prehistories of the Future: The Primitive Project and the Cultureof Modernism*, Stanford: Stanford University Press, 1995, p. 88.

[2] 详见桑德·L.吉尔曼《黑身体、白身体：19世纪末艺术、医学及文学中女性性征的图像学》，都岚岚译，陈永国主编《视觉文化研究读本》，北京大学出版社，2009，第322-338页。

是图像的还是文本的)首先缓解了维多利亚时代对性关系的极度忽视,而后使人们开始对其各种形式变得熟悉起来。种族主义使得对土著人的性欲描写成为可能,这对西方的性解放贡献极大,从而辩证地削弱了种族主义思想。在这种情况下,欧洲人的力比多得到释放,并且与其他之前被禁忌的能量一起重塑了资产阶级道德体系①。

在这场对他者身体进行欲望化再现的风潮中,有色人种的身体被赋予了诸多性暗示,他们被塑造成性器官发达、生育能力也极强的人种,这也进一步促使白人对有色人种产生性欲念。所以,尽管殖民者对有色人种仍然怀有抵触情绪,但这也并不妨碍他们受到对方的性吸引,正如海姆(Ronald Hyam)所指出的那样,"在种族主义的中心是性"②。然而,对有色人种的性欲也引发了一系列问题,白人开始担心自己种族的血统受到他者的"污染"。由于有色人种通常被视为劣等民族,所以西方人认为,与他们通婚后诞生的后代必然会弱化白人血统,混血族裔也由此被认为是"不管与纯种的白人还是黑人相比,他们在体能和身体健康上都更为低等"③。此外,当时的人种学家还担心无限制的血统混杂将使得人种陷入混淆和无序的状态,产生的

---

① Elazar Barkan, "Victorian Promiscuity: Greek Ethics and Primitive Exemplars", in Elazar Barkanand Ronald Bush, eds., *Prehistories of the Future: The Primitive Project and the Culture of Modernism*, Stanford: Stanford University Press, 1995, pp. 91-92.
② Ronald Hyam, *Empire and Sexuality: The British Experience*, Manchester: Manchester University Press, 1990, p. 203.
③ Qtd. in Robert J. C. Young, *Colonial Desire: Hybridity in Theory, Culture and Race*, London and New York: Routledge, 1995, p. 138.

中篇 殖民主体对他者的矛盾态度

新型人类会是"一个种族无政府状态下的糟糕范本"①。由于殖民社会中异族通婚并不少见,不管是殖民地还是宗主国内部,都出现了大量混血族裔人口,这也在西方世界内部掀起一股对文明退化的担忧与恐慌。据斯密斯(Barry Smith)观察,在19世纪末的英国,"这种巨大的恐慌使人们将性污染直接与社会动乱和帝国的衰落联系起来",执政阶层甚至颁布法规来禁止海外殖民地的白人殖民者与有色人种妇女的性接触②。

劳伦斯显然也继承了所处时代对异族通婚既感兴趣又排斥的特点。他大量展示印第安男性具有性魅力的身体,但他也仅仅止步于此,并未深入探讨婚姻的真正实现。如前文所述,婚姻和性在劳伦斯笔下并不具备太多的实践意义,而是他探讨自己的哲学思想的隐喻形式,他想用男性与女性婚姻或性结合来象征个体的完满或文明的完美形式。所以,在几部墨西哥小说中,劳伦斯都没有像在其他小说,如《虹》《恋爱中的女人》或者《查泰来夫人的情人》那样,通过大量性的意象来推进情节发展,而是对双方肢体上的接触描写显得有些犹豫。在《骑马出走的女人》中,被裸露身体的是白人女主人公,而印第安部落的男性对其身体却完全没有任何欲望,这种去欲望化的凝视打破了女主人公的自我身份意识,使之沦为印第安部落的一个祭祀符号;《圣·马尔》中的马夫有充满男性气质与性魅力的身体,但他拒绝了威特夫人的结婚请求;《公主》中的多莉最终否定了自己对墨西哥导游的欲望,回到原来的生活环境,嫁给了

---

① Qtd. in Robert J. C. Young, *Colonial Desire: Hybridity in Theory, Culture and Race*, London and New York: Routledge, 1995, p. 106.
② Qtd in Ronald Hyam, *Empire and Sexuality: The British Experience*, Manchester: Manchester University Press, 1990, p. 65.

比自己年长很多的白人男性；而在《羽蛇》中，劳伦斯则直接通过小说人物讨论了血统混杂的社会危害。在女主人公凯特的生日宴席上，在大家热烈讨论墨西哥的现状与未来时，其中一个客人便认为异族通婚是造成墨西哥混乱局面的首要原因：

> 是这么回事，墨西哥50%的人口是纯印第安人，余下一半只有小部分是外国人或西班牙人，绝大部分是西班牙人和印第安人的混血儿，即混血墨西哥人。……
> 相同人种相混完全可以，欧洲人就是例子，他们虽然也混血，但属同一人种。可是，如果将欧洲人与美洲印第安人结合，生出来的就是杂种。杂种就意味着灾难。为什么呢？因为它既不是这个，也不是那个，是个矛盾，一种血统告诉他应该这样，另一种血统则告诉他应该那样，于是，他成为对于他自己的一种不幸与灾难，这是令人绝望的[①]。

他们还认为，只有恢复墨西哥人血统的纯正，"把所有外国人从墨西哥人中区分出来，把国家还给纯种的印第安人"才是有效的解决办法，不然只能期待奇迹的发生。并且，随着小说情节的发展，女主人公凯特将会与印第安军官西普里阿诺结婚，但她并没有在结婚当天便与之结合，而是在经历了一番激烈的思想挣扎之后才真正接纳其为自己的丈夫。劳伦斯在叙述他们的婚姻时，更多是从宗教和象征的角度来呈现，并没对其赋予任何世俗意义。这些都表明，劳伦斯虽然向往两种文明的结合，

---

① D. H. Lawrence, *The Plumed Serpent*, New York: Vintage Books, 1992, pp. 59-60.

但他对异族通婚持有一定的怀疑和抵触情绪。

值得注意的是，在这几部小说中，男性与女性两股力量的融合不再以性行为来实现，而是用单纯的抚摸（touch）来代替。《圣·马尔》中的威特夫人对路易斯的渴望变成盛情地帮助他剪头发，她对自己的自信来源于有人曾对她说，"您的手感真好"①。《骑马出走的女人》中，女主人公在被送到印第安部落之后，部落长老以仪式的形式"轻巧地触摸她的乳房，她的肢体，然后再是她的背部"，长老的动作并没有夹杂任何不正常的欲望，以至于连她自己也不为赤身裸体而感到羞耻。《公主》中女主人公只是想要墨西哥导游的身体来驱走寒意，但同时又想保持自己"完好无损"（intact），"不被触碰"（untouched）②。只有《羽蛇》中的女主人公才与西普里阿诺真正发生能够使双方获得新生的性关系，但这是在她成为墨西哥人的马琳琦（Malintzi）之后。这时，她已经不再是一个白人妇女，而是一个墨西哥新教的宗教符号，在这样的符号中，她将永远停留在少女的年纪，"像未染尘埃的处女一般纯洁"③。

在劳伦斯的小说中，抚摸是一个重要的意象。出于对血性和原始本能的强调，他更加注重视觉以外的感官体验。贝尔（Michael Bell）就指出，劳伦斯的存在哲学认为，"视觉离身体感官最远，因此也离抽象的智性最近"④。而在所有的感官体验中，他又尤其注重触觉，这在他的另外两部短篇小说《你触碰

---

① D. H. Lawrence, *The Woman Who Rode away/ St. Mawr/ The Princess*. London: Penguin Books Ltd., 2006, p. 76.
② D. H. Lawrence, *The Woman Who Rode away/ St. Mawr/ The Princess*. London: Penguin Books Ltd., 2006, p. 208.
③ D. H. Lawrence, *The Plumed Serpent*, New York: Vintage Books, 1992, p. 393.
④ Michael Bell, *D. H. Lawrence: Language and Being*, Cambridge: Cambridge University Press, 1991, p. 173.

过我》(You Touched Me)和《盲汉》(The Blind Man)中专门加以书写。劳伦斯的观点与新近的身体研究非常接近,特纳(Bryan Turner)在研究身体与外界的关系时提出,手"就是人所处世界的开放性的重要特性"[①]。换言之,手成为自我与外界发生关系的重要连接渠道。因此,触摸同样也可以消解自我与外界的边界,并与他者连接成一个新的整体。因此,在对异族通婚所可能带来的污染白人血统的恐惧之余,触碰成为性的绝佳替代方式,既保持了白人种群的"完好无损",同时也能完成自我与他者的连接,达到"完满"。这样,劳伦斯以一种更安全的形式完成了自己对女性的、理性的西方文明与男性的、血性的印第安文明合二为一的完美的文明形态的探索。

小　结

身体并不仅仅是一副皮囊,它是人产生自我认知的首要场域,同时也是人认识他人与世界并与之发生关联的重要渠道。在高度的现代性时期,身体也越来越成为现代人自我认同感与身份意识的核心要素。我们也看到,越来越多的哲学家、社会学家和社会活动者开始关注身体,从萨特、福柯、德里达等对后世影响极大的思想家到新近的齐克泽、彼特·斯洛特戴克(Peter Sloterdijk),再到为处于被压迫地位的族群争取权益的女性主义者波伏娃、西苏、米利特,以及后殖民思想家斯皮瓦克、霍米·巴巴等,都曾以身体为切入点对人的存在和主体性进行相关探索。种类繁多的身体研究说明,现代社会系统在丧失了

[①] Bryan. S. Turner, *Regulating Bodies: Essays in Medical Sociology*, London and New York: Routledge, 1992, p. 114.

中篇　殖民主体对他者的矛盾态度

宗教权威和宏大政治信仰之后，身体已经成为"政治活动和文化活动的首要领域"①，重新构筑起人们的世界观和自我认同。在殖民社会，来自不同社会等级、不同肤色的人处于一种混合的杂居状态，身体为人们提供了区别自我与他者存在的重要标准。以肤色、着装以及身体仪态为标准，属于统治阶层的殖民者将自己与有色人种之间划出一条清晰的边界，这条界线成为一种绝对的存在，有了白色的肤色就意味着更多的权力和更高的社会地位，而深肤色则代表低等、受奴役与压迫。正是这种绝对的身体边界导致了有色人种对白人的敌意和暴力反抗。

　　一方面，作为一个对西方殖民文化具有批判意识同时也兼具敏锐观察力的作家，劳伦斯注意到来自有色人种的敌对情绪。正如欧恩永（Eunyoung Oh）所观察到的，和以往的只是以一个殖民者的眼光去注视他者的作家不同，劳伦斯甚至能够留意到自己也成为他者的观察对象，并由此意识到他者的主体性以及自我的他者性②。正因为如此，在他的小说中可以看到从殖民者角度出发的对他者身体的嘲弄，也有来自被压迫一方为消解横亘在他们与殖民者之间无法跨越的身体界线的抵抗。小说通过各种细节展现了他们渴望拉近与殖民者之间的距离，他们对白色肤色的向往、对白人衣着体态的模仿、对成为白人伴侣的渴望以及在所有与白人融合的尝试失败之后诉诸暴力的绝望。这些描写如此贴近现实，我们甚至能够在劳伦斯的文本中发现符合法农、斯皮瓦克、霍米·巴巴等后殖民思想家所描述的抵制

---

① Bryan. S. Turner, *Regulating Bodies: Essays in Medical Sociology*, London and New York: Routledge, 1992, p. 162.
② See Eunyoung Oh, *D. H. Lawrence's Border Crossing Colonialism in His Travel Writings and "Leadership" Novels*, London and New York: Routledge, 2007, p. 45.

策略。但另一方面，劳伦斯又是一个来自宗主国的白人，他的小说受众是和他具有相同身份和文化背景的西方人，因此他无法克服来自自我文化的限制，这是他倾尽全力也无法超越的局限。他在小说中对墨西哥人暴力形象的刻意强调，以及对他者身体既向往又排斥的心理，说明他的叙事在一定程度上符合帝国主义的话语结构。正因为如此，评论界对劳伦斯后期几部墨西哥小说的解读也是充满矛盾，或者直接认为劳伦斯对他者的观点是含混不清（ambivalent）、充满歧义（ambiguous）的。

"矛盾"和"含混不清"恰好是后殖民背景下主体性的典型特点。在殖民地社会，虽然以肤色为前提的身体差异为族群划分制造了一条清晰的界线，但主体的内部体验却并非如此，也就是说，在殖民者和被殖民者的主体性之间存在某种缝隙。正如欧恩永所说，美国和墨西哥的印第安人"不光给了劳伦斯关于未来社会的线索，也在不断挑战着他作为欧洲白人男性的优越感"[1]。在美国和墨西哥这样已经独立多年的前殖民地国家，白人与印第安人的关系早已不是泾渭分明的黑格尔意义上的主奴对立，而是一种更为复杂、对立与对话并存的阈限性状态。殖民地社会是白人主导规则的制定，他们也希望这些标准被严格遵守。与此同时，共同的行为准则使得他们也在殖民地塑造无数自己的影子，相似感会对殖民者在道德层面形成冲击，使之形成一种罪恶感与优越感交互混杂的模糊状态。在这样的情况下，殖民者会对自我身份产生怀疑，他们的主体性边界也变得不稳定。这也就是劳伦斯的墨西哥小说会出现含混和歧义现象的原因。他能够觉察到墨西哥人下层对白人身体的向往和模

---

[1] See Eunyoung Oh, *D. H. Lawrence's Border Crossing Colonialism in His Travel Writings and "Leadership" Novels*, London and New York: Routledge, 2007, p.23.

仿，也能够感受他们回视的眼光和他们对殖民者权威的暗中反抗，对此，他感到不安。但与此同时，他又大量采用殖民者的固定成见来解读这些让他困惑和焦虑的现象，并以此来巩固和强化自我的身份认同。

事实上，劳伦斯的矛盾是一种典型后殖民混杂状态，在主体与他者正面冲击的边界状态下，他者必然对主体形成冲击。但这种回击并不是对二元对立模式的简单逆转，而是一种更为复杂的权力的协商与双向流动，也就是说，在真实的边界状态下，处于边缘弱势地位的他者，也将对中心形成某种反作用力，并将其建构为一种"模棱两可的、不确定的、不定准的矛盾状态"[1]，边缘也由此达成增势效果。而这才是边界状态的真实再现，在殖民社会族裔和文化混杂的状态下，身份是延异和滑动的存在，殖民者既可以是殖民文化的共谋者，也可以因为与被殖民者的深度接触而生动再现他们的反抗行为，而他们的自我认知也随之发生改变。正如霍米·巴巴所说，"殖民主体可以变成一个不可量测的目标，在非常实际的意义上，很难定位"[2]。所以，劳伦斯的身体书写以一个殖民者的角度展示了围绕身体展开的权力双方的对抗和对话，以及殖民者和被殖民者之间那种既吸引又排斥的复杂关系。概言之，在经历边界的对抗与对话协商之后，自我与他者之间的边界已经不再泾渭分明，而这种模糊状态为双方养成一种混杂的身份意识创造了条件。

---

[1] Robert J. C. Young, *Colonial Desire: Hybridity in Theory, Culture and Race*, London and New York: Routledge, 1995, p. 161.

[2] Homi Bhabha, "Foreword: Remenbering Fanon: Self, Psyche and the Colonial Condition", in Frantz Fanon, *Black Skin, White Masks*, trans. Charles L. Markmann, London: Pluto Press, 1986, p. xxii.

下篇
异质文化的融合

在跨文化边界状态下，首要的是个体在与他者正面碰撞时各种与主体性与身份相关的体验。前两篇分别探讨了个体在空间和身体范畴内的主体性衍变。从空间角度来看，殖民行为是一个地理开拓的进程，随之而来的是殖民者对空间的征服以及主体性疆界的拓展。定居之后，为在族裔混杂的环境中确立自己的身份，殖民者需要划定自己的生活空间范围，并使之与殖民地当地族群隔离，由此引发殖民者与当地人在空间领域展开的争夺与对抗。殖民者为维护自己的身份，除了对殖民地空间进行管理和规划以外，也通过与他者身体上的区分来彰显殖民者高人一等的身份地位。正因为个体通常通过身体来实现与外界的直接关联，来自他者的侵扰也通过身体传达给主体，并由此影响主体的自我认知。霍米·巴巴所论述的殖民地的混杂与矛盾，也都在身体场域得到体现。在围绕身体展开的权力斗争中，无论压迫者与被压迫者有多么不平等，权力并不总是绝对地由社会层级的金字塔顶端向下渗透，总有一些模糊与矛盾的情境使得弱势一方得以向强势一方还击。权力的双向流动对殖民者与被殖民者的身份意识造成冲击，从而造就了殖民地双方既排斥又吸引的共存关系。所以，不管是空间，还是身体，都在一定程度上反映了殖民地各方势力相互对抗又对话的复杂状态，也体现了个体自我身份意识的衍变。

但跨文化边界状态并非仅仅是个体体验，在更宏大的集体范围内，如宗教、政治、语言等领域，边界也在消解和重构，殖民地文化也呈现更多元、更包容的面貌。从主题上讲，劳伦斯的几部小说都是在讨论西方文明与印第安文明的融合，由于篇幅的原因，《圣·马尔》《骑马出走的女人》和《公主》的叙事多集中在主人公的个体体验，只有在《羽蛇》中劳伦斯才得以从全方位展现自己在墨西哥的所见所闻，并对他所追寻的理性的、女性的西方文明与血性的、男性的印第安文明的结合进行更为深入的探索。因为既涉及个体体验，又有对墨西哥社会全方位的观察，《羽蛇》可谓一部对墨西哥后殖民混杂状态展现得最为细致入微的小说。然而，遗憾的是，由于受早期批评传统的影响，评论界大多把注意力集中在劳伦斯的政治观点上，并把劳伦斯的这部作品划入"领导"（leadership）小说一类。仅有的几个从殖民主义角度来探讨这部小说的评论家，也只是简单地赋予其帝国主义的立场。例如，罗斯曼（Charles Rossman）就认为，《羽蛇》是"关于墨西哥悠久的文化帝国主义历史的最新近的范例"[①]。除此以外，墨西哥当时的历史氛围为劳伦斯寻求文明的新生提供了一个绝佳的现实背景，他在小说故事中倾注了自己几乎所有对社会、政治和文化方面的野心，就像贝尔（Michael Bell）所认为的那样，《羽蛇》"是劳伦斯无意中对自

---

① Charles Rossman, "D. H. Lawrence and Mexico", in *D. H. Lawrence: A Centenary Consideration*, Peter Balbert and Philip L. Marcus, eds., Ithana: Cornell University Press, 1985, p. 198.

我戏仿的最显著、最广泛的例子"①。也因为如此，劳伦斯的叙事显得野心过大，涉猎的内容过多，也过于庞杂，因而被认为是"一个诡异而复杂且明显的失败"②。这些复杂因素给理解小说增添了难度，所以在劳伦斯批评领域，《羽蛇》是一部没有引起足够重视的小说。

实际上，《羽蛇》的复杂性有相当一部分应当归因于劳伦斯对墨西哥当时社会历史状态的生动再现。小说内容的繁复庞杂不仅是因为劳伦斯加入了过多自己的思想和观点，而是这种混沌与复杂的局面本来也是在取得独立而后又经历了复辟、改革与十年内战的墨西哥社会的真实写照。正如欧恩永所观察到的，劳伦斯在《羽蛇》中是想通过古老的阿兹台克神话来实现政治、宗教和性的重生，而这不仅针对欧洲的国际大都市，同时也映射了殖民地社会③。因此，小说有两条叙事线索，一条是从以女主人公为代表的白人角度展开，另一条是围绕雷蒙、西普里阿诺以及胡安娜一家等墨西哥当地族裔来叙述。这两条线索也预示了两种不同的评论立场，即从白人角度将其归为"领导"小说，或者以墨西哥人的立场批判劳伦斯的帝国主义观点。如果立场与身份意识休戚相关，那么如前文所述，在边界状态下身份意识并不是一成不变的，而是一种即时的、随时可以调整的变量。这样一来，无论持有哪一方的观点，预设立场的批评方式都显得过于片面。由于边界状态下主体性滑动和延异的特

---

① Michael Bell, *D. H. Lawrence: Language and Being*, Cambridge: Cambridge University Press, 1991, p. 165.
② Michael Bell, *D. H. Lawrence: Language and Being*, Cambridge: Cambridge University Press, 1991, p. 165.
③ Eunyoung Oh, *D. H. Lawrence's Border Crossing Colonialism in His Travel Writings and "Leadership" Novels*, London and New York: Routledge, 2007, p. 125.

质,以单一立场来谈论主体非常困难,能够谈论的只能是特定环境下的历史经验。因此,应该将小说理解成一种历史经验,把它还原到后殖民的混杂状态中,以双重视角来考量劳伦斯在塑造一种新的社会形态时是怎样巧妙地将两种文化有机地整合在一起,这样才能更清晰地看到小说所具有的思想和现实意义。

一　宗教改革与文明对话

大多数人类文化中,宗教在集体意识层面的作用不言而喻。在殖民地社会,宗教是推动殖民政策、规训和统治本地居民的最有效手段。殖民者与当地土著人最早的来往形式便是贸易与传教,墨西哥也不例外。在西班牙人科尔特斯(Cortez)和他的船队踏上墨西哥的土地之后,很快便开始攻城略地,占领土地。西班牙人到来之前,墨西哥社会主要由等级分明的酋长领地、城邦国家和帝国政府构成,而其中起主导作用的是强大的阿兹台克帝国。西班牙人依靠自己先进的技术和强大的经济后盾首先打败了阿兹台克人。在此之后,早前一直饱受阿兹台克欺凌的其他部族也随之倒戈,开始接受西班牙人的统治。在当地的统治者从政治上依赖西班牙之后,以科尔特斯为首的殖民者开始进行宗教传播,执行他登陆墨西哥大陆之前由上司下达的指令:

> 一项你需要一直谨记于心的首要任务……那便是在这次行程中,要效命于我们的圣父、我们的天主,为他增添荣耀,传播我们神圣的天主教信仰。你必须知道,陛下准许你们去发现新大陆的首要原因便是,在那里有相当数量

的灵魂，……这些处在我们神圣的天主教信仰之外的迷失的民众，他们需要你来指引。他们需要知道，世界上只有一个神，那便是创造了天堂与尘世的造物主①。

科尔特斯的传教活动虽然在当地遭到强烈抵制，但统治阶级为争取西班牙人的支持，防止阿兹台克人重新崛起并采取报复，也主动充当了西班牙人传教的助手。随着西班牙人统治的推进，天主教也得以在墨西哥生根发芽，逐渐取代了墨西哥人原有的宗教信仰，影响并塑造着墨西哥新的社会的世界观和文化。早期的西班牙传教士为让印第安人迅速接受新的信仰，在传教过程中采用了当地语言，还将其与本土文化有效结合。这种灵活的推广策略极大提高了天主教在墨西哥社会的普及程度，帮助西班牙人在墨西哥建立起一个基督教国家。宗教的力量完全深入墨西哥社会的各个角落，形成无法磨灭的集体意识，即便在墨西哥取得独立之后，它的社会影响力依然不减。

由于宗教在墨西哥日常文化中的重要作用，它在墨西哥的政治格局中占据着至关重要的位置。任何人要在墨西哥行使统治权力，包括早期的西班牙总督以及独立后的历任总统，都需要获得教会的支持。可以说，在墨西哥，天主教会获得了和其在欧洲一样的地位，这也使教会成为滋生腐败的土壤。随着社会问题不断增多、矛盾不断深化，墨西哥人逐渐意识到教会的巨大特权对社会造成的危害，终于在1857年通过了反宗教法案，但一直到波菲里奥·迪亚兹统治时期，也没有任何政府真正执行过这些法案。

---

① Qtd. in Ernest Galarza, *The Roman Catholic Church in Mexico as a Factor in the Political and Social History of Mexico*, Sacramento: The Capital Press, 1928, pp. 17-18.

下篇　异质文化的融合

实际上，在波菲里奥时代，教会势力不降反增，他们拥有大量的财富，为规避宗教法的限制，大部分教会财富甚至被以私人名义登记，所有的盈利最终都会以某种形式返还给教会。同时，教会也是墨西哥当时最大的土地拥有者，但与此形成鲜明对比的是，当时墨西哥 90% 的普通劳动者却不占有任何土地。教会没有起到传统宗教机构救护弱者、缓解社会矛盾的作用。相反，在政府镇压农民起义的时候，作为既得利益者的教会却一直保持沉默。这样，教会逐渐失去民众的支持，其社会根基也开始动摇。在波菲里奥治下，大量的社会事件表明，普通民众特别是工人阶级对教会的反对愈加激烈[1]。

此外，由于西班牙传教士在传教过程中采用了更为灵活的方式，不仅允许而且鼓励印第安人将他们自己传统宗教中的神灵、符号和宗教仪式与基督教中对等的事物联系在一起，这种方法被称为"有引导的类并"。由此，墨西哥人的部分宗教传统得以保留，在许多印第安人社区中也发展出一种并联的宗教体系。随着贩奴贸易在墨西哥的开展，大量非洲裔奴隶被带到墨西哥境内，他们也将非洲大陆的传统宗教元素带到了墨西哥。例如，他们在身体上涂抹油膏和药剂，用以慰藉焦虑之情，这成为净化仪式中的一部分，并与禁食结合在一起来完成祈福[2]。

---

[1] See Ernest Galarza, *The Roman Catholic Church in Mexico as a Factor in the Political and Social History of Mexico*, pp. 131–141.

[2] 这一仪式细节在小说《骑马出走的女人》中也得以呈现。小说女主人公在被杀死祭神之前，印第安人对她的身体进行了净化。她首先被囚禁在一个小房间内，其间她被供给的食物只有玉米和龙舌兰。而后在人祭仪式举行之前，他们先用水清洗她的身体，然后让她躺在一个躺椅上，"将有甘甜气息的油抹在她的身体上，再按摩她的大腿、背部和身体两侧"（D. H. Lawrence, *The Woman Who Rode away/ St. Mawr/ The Princess*. London: Penguin Books Ltd., 2006, pp. 32–33）。

所以，后来的墨西哥民众的宗教信仰其实是一种混合体系，它将非洲人的神灵体系、天主教的三位一体说、印第安人的自然观都整合在一起。这样一来，墨西哥人的传统宗教根基并没有因为基督教的传播而被摧毁，它依然以某种形式流传下来。所以，在教会腐败带来的问题日益凸显并加剧时，人们进行宗教改革的首选方案便是重拾传统信仰，让他们的旧神复活。

劳伦斯是在20世纪20年代到达墨西哥，并在那里生活过一段时间。那时的墨西哥恰好经历过波菲里奥·迪亚兹独裁，以及其后十年内战的恢复期，所以当他在小说中以宗教改革来塑造一个新型社会时，这绝不是出于他自己的想象，而是一种经验再现。这一经验在小说中通过墨西哥人物来展现。首先，是在凯特40岁生日的宴席上，一位墨西哥客人的慷慨陈词：

> 啊，柯兹卡埃多，多美的名字，还有威奇波奇泰力，还有泰拉洛克，多美呀！我爱他们，我常常一遍一遍地默念它们。我相信在这些词的声音中有种哺育的力量！依齐帕波罗多！台茨柯特利波卡！西班牙人刚来的时候，它们就存在了，它们太古老了，需要重生。现在，应由年轻人完成他们的重生。多神奇啊！请想一想，"上帝""基督"，这些词听起来多么单薄、乏味，它们是已经死了的东西，没有了生活的内容。现在他们应该死去，走向上帝的死地，到那里接受沐浴，获得重生，然后，成为一个古老的新上帝[①]。

这位客人认为宗教改革才能使墨西哥摆脱美国等西方国家

---

① D. H. Lawrence, *The Plumed Serpent*, New York: Vintage Books, 1992, p. 57.

的殖民主义掠夺，改善国内现状，他把这一过程称为"奇迹"，雷蒙则是这一"奇迹"的实践者。小说中以各种形式出现的颂歌也都在讲述着西方人通过基督教对墨西哥人的文化侵袭，而此刻的他们将开启去基督化的历程，"耶稣回家了，回到他的父亲那里去了；玛利亚也去了，他们都睡在父亲的腹中"①。胡安娜一家诵读《羽蛇颂歌》时，胡安娜暗中嘲讽圣子和圣母白人的身份，她反复向凯特求证，"耶稣是个白鬼，他和他的母亲都从你们国家来"，"圣母是个白人，她和妮娜一样来自国外"，她甚至又敬畏又恶毒地说："白人居然将白人钉在十字架上！"② 胡安娜一家看似无知的追问和他们话语中流露出的不敬表明，他们内心非常清楚基督教的外来者身份，并对这一外来文化充满质疑。与此同时，他们也热切地期盼着自己神灵的回归。在雷蒙写的宣传颂歌中，对教会有明显的控诉：

我们不是人之主——人不能为自己造主；我们不是人雄——人不配有人雄。

……

我不命令你们，也不服侍你们。

但我将与你们同在，这样，你们就可以保持完美。

没有给予，也就没有索取；在给予与索取之间，在二者的接触中，启明星闪烁，茉莉花开放；黑夜之手和白昼之手不可能彼此相见，只有闪烁于二者之间的启明星才是唯一。

不要想给予，也不要想索取，如茉莉花的芳香。

不要失去太多。

---

① D. H. Lawrence, *The Plumed Serpent*, New York: Vintage Books, 1992, p. 122.
② D. H. Lawrence, *The Plumed Serpent*, New York: Vintage Books, 1992, p. 223.

也不要过多索取，包括玫瑰花香、石榴汁、燃火的热温[①]。

雷蒙的颂词是教会势力通过对人们进行精神控制来牟利的控诉。颂词说明，基督教义倡导的领导和服从就是在制造等级观念，宣扬臣服意识，这些都为教会牟利作了思想铺垫。另外，基督教的二元对立体系也是劳伦斯一直致力反对的。与基督教不同的是，墨西哥的羽蛇神既是鸟也是蛇，既是黑夜也是白昼，既是天也是地，既是身体也是精神，它是一种连接与过渡，是启明星，始终处于中间状态，是"两种道路之神"[②]，这恰好打破了西方文明理性与感性、身体与精神的二元对立。墨西哥羽蛇神话中所蕴含的去本质主义与去中心化的思想内涵与劳伦斯所主张的观点极其类似。因此，小说中的宗教改革既是墨西哥的真实历史经验，也符合劳伦斯对未来社会的设想，既是在探索墨西哥未来的出路，也提供了解决西方社会文明危机的方案。虽然劳伦斯对宗教改革的刻画部分源自其真实经历，但他毕竟是一个来自西方社会的白人，有他自己无法跨越的局限。他在小说中描述宗教改革的相关内容时，无法全面真实地展现印第安人的古老神话，而是融合许多西方人对中美洲印第安人的解读。他不可能像在小说中设想的那样，让墨西哥恢复到一个"纯净"的状态。

实际上，劳伦斯在描绘相关仪式时，大体上遵循了墨西哥传统神话的形式。首先，羽蛇神是一种中性的存在，他既有正

---

① D. H. Lawrence, *The Plumed Serpent*, New York: Vintage Books, 1992, p. 178.
② D. H. Lawrence, *The Plumed Serpent*, New York: Vintage Books, 1992, p. 254.

面也有负面的特性，他不是两股处于对立两极力量的斗争，也就是说，他不涉及基督教教义中关于善恶的道德评判，而是一种平衡的状态，正是这种平衡维持着万物的运行，它是生命之源①。它还是一种即时的状态，是脱离时间维度的"现在"。小说最早在广场上的颂词中便展现了这种平衡与即时状态：

> 我永不离去，我停在这里，
> 光翅永远扇动；
> 我处在
> 和平与躁动的交融之中。
>
> 在和平的深处，
> 在躁动的渊源，
> 你将发现这永远变化的我，
> 是多么与众不同②。

此后小说中与羽蛇相关的叙述也一直对此进行重复和强调③。

其次，小说中凯特感受到墨西哥"地之灵"中有一股向下的力量，"将你的灵魂往下拽"④。向下的巨龙与力量多以蛇为象征，所以有印第安血统的人物都被赋予了蛇的特性：西普里阿

---

① 参见 迈克尔·C. 迈耶、威廉·H. 毕兹利编《墨西哥史》，复旦人译，东方出版中心，2012，第 195 页。
② D. H. Lawrence, *The Plumed Serpent*, New York: Vintage Books, 1992, p.177.
③ 这种过渡、混沌与不断变化的状态已经接近后殖民去中心化的主旨。斯皮瓦克的"异变性"（alterity）、霍米·巴巴提到的"阈限性"其实是指这样一种不断变化的状态。所以，如果仅仅是以"领导"小说来评价《羽蛇》，谈其中的等级意识和逻各斯中心主义其实是不太准确的看法。小说的复杂与矛盾，或者说不连贯，"叙事的失败"其实就是后殖民混杂状态的体现。
④ D. H. Lawrence, *The Plumed Serpent*, New York: Vintage Books, 1992, p.50.

诺有一双"深黑的，蛇一样的眼睛"①；胡安娜被比作"受到惊吓的蜥蜴"②，当凯特嘲笑她时，她的脸变得像"蛇形面具"③；而胡安娜一家夜里躺在自己简陋的房间内，"就像一群蜥蜴，麻木、冷漠地躺着"④。"蛇"与向下的力量强调大地的根基，是中美洲宗教传统，劳伦斯用它来象征与基督教天堂与向上力量对立的世界观。此外，小说中所有的重要仪式都发生在雨中，甚至其中一章直接以"第一场雨"命名，也正是在这一章中雷蒙第一次向民众布道，宣布重新恢复对墨西哥传统神灵的信仰。"雨"的意象也是来源于阿兹台克人的宗教传统。罗伯兹发现，劳伦斯这一部分的书写是受到人类学家路易斯·斯彭斯（Lewis Spence）的影响。斯彭斯在其专著中曾经提到过阿兹台克人对雨有着狂热的崇拜。雨在阿兹台克宗教仪式中的重要意义在于，他们从事宗教活动的一个首要目的便是抚慰神灵，希望他们"用来自外太空的能量来帮人们摆脱灾难"⑤。而雨从天空降落，阿兹台克由此便认为雨就是神力的象征⑥。除此以外，小说中印第安人对太阳的崇拜，以及雷蒙用颂歌形式来布道等，这些都是墨西哥印第安人宗教的传统形式。

劳伦斯对墨西哥印第安人宗教传统的了解是因为他阅读了大量人类学著作，这为他创作《羽蛇》中印第安人的羽蛇神提供了丰富的知识基础。丁达尔（William York Tindall）曾经对劳伦斯的

---

① D. H. Lawrence, *The Plumed Serpent*, New York: Vintage Books, 1992, p.42.
② D. H. Lawrence, *The Plumed Serpent*, New York: Vintage Books, 1992, p.134.
③ D. H. Lawrence, *The Plumed Serpent*, New York: Vintage Books, 1992, p.148.
④ D. H. Lawrence, *The Plumed Serpent*, New York: Vintage Books, 1992, p.154.
⑤ Lewis Spencer, *The Gods of Mexico*, New York: Frederick A. Stokes, 1928, p.11.
⑥ See Neil Roberts, *D. H. Lawrence, Travel and Cultural Difference*, New York: Palgrave MacMillan, 2004, p.136.

相关知识来源做过详细考察,发现泰勒的《原始文化》(*The Primitive Culture*)中万物有灵论(animism)为他提供了理解印第安人仪式的基本框架;印第安人舞蹈的知识出自哈里森的《古代艺术及仪式》(*The Art of Ancient Ritual*);而色彩的象征用法则源自考古学者齐丽雅·那托尔(Zelia Nuttall)的《旧世界与新世界文明的基本原则》(*Fundamental Principles of Old and New World Civilizations*)[1]。然而,劳伦斯并不只是采用了墨西哥传统宗教元素。一方面,他依然固执地将自己的宇宙观融进这一古老的宗教中;另一方面,尽管他有一些亲历的见闻,也有一定的知识储备,但这些无法满足他对他者文化细节上更为丰满的刻画。而且,从认知发生学上讲,劳伦斯也不可能突破来自自我文化的影响,因为在他对自己观察到的现象进行阐释的过程中,必然涉及语码转换的问题。换言之,正如早期的西班牙传教士需要借助印第安人的语码系统来传道一样,劳伦斯也必须借助自己的语码系统来理解印第安人的传统宗教,并对其进行翻译[2]。从小说中对仪式细节的描写,特别是几首颂歌,我们也可以发

---

[1] See William York Tindall, "D. H. Lawrence and the Primitive", in *The Sewanee Review* Vol. 45, No. 2 (Apr. – Jun., 1937), pp. 198–211.

[2] 劳伦斯并不赞成对他者文化的翻译行为,对人类学的研究也颇有微词。在他眼里,人类学家和"神话转述者"(myth-transcriber)都在"以我们自己的话语书写印第安人"(*MM*: 102)。但他同时也自知要完全理解印第安文化有一道鸿沟难以逾越,即两种思维完全隶属不同体系,"他们之间没有桥梁,没有连接的渠道"(*MM*: 102)。对此,他提出理解的前提是"我们得摧毁我们自己的意识"(*MM*: 103)。劳伦斯的矛盾其实反映了跨文化边界状态下的主体性困境,即"真正彻底了解他者只有在自我能够颠倒或者至少把他自己文化中的各种价值观、设想以及意识形态放一边的情况下才有可能",而这样做"实际上会伴随将自我存在逆转这一完全不可能完成的任务,因为人的存在就是由他所处的文化组成"(Abdul R. JanMohamed, "The Economy of Manichean Allegory: The Function of Racial Difference in Colonialist Literature", in *Critical Inquiry*, Vol. 12, No. 1, "Race", Writing and Difference (Autumn 1985), p. 65)。所以,他所谓的"摧毁我们自己的意识"是一种不可能达到的状态,这在他的小说中也得到了印证。

现诸多西方宗教文化的内容。

雷蒙用作布道词的颂歌在小说的宗教运动中起到非常重要的作用,但其中却含有大量基督教元素。首先,雷蒙的布道词体现出很强的《圣经》文学叙事色彩:

> 启明星之子正在返还人间,步伐快如风、速如电。
>
> 准备迎接他吧,我的人民!你们必须洗净身体,把清油涂遍全身,不要有一点尘埃,任何邪恶不得近身。
>
> 不以昨日之眼看,不以昨日之觉闻,不以昨日之唇吻,不以昨日之足行,不以昨日之手扪。忘却昨天的一切,迎来全新的肉身。
>
> 昨日之身已死,食腐鸟在它的上空盘旋。
>
> 所以,摒弃昨日之身,换上一个全新之身;你将光临的神亦如此:柯茨卡埃多从死亡阴影中走出,走出光灿灿的新身[1]。

这段文字简约、含蓄,多数是以权威的口吻来下命令。没有任何多余的修饰与铺陈,只用到了"食腐鸟"来象征死亡和"金灿灿"来形容新生。全文以一种绝对真理口吻来指引人们的行为,没有添加任何虚构或冗余的内容来制造感官效果。不难看出,这样的叙事手法和圣经一样,只为实现"真理认同"(the truth claim),"对真理的考虑压倒了包括美学考虑的一切其他写作因素"[2]。另外,在原文中"on""your""nor"连续以相似的句型

---

[1] D. H. Lawrence, *The Plumed Serpent*, New York: Vintage Books, 1992, p.199.
[2] 刘意青:《〈圣经〉的文学阐释——理论与实践》,北京大学出版社,2004,第8页。

出现，语音和句型的重复为文本增添了强烈的节奏感。句子也都是采用最简单的单音节词，复合长句也由多个简洁明了的短剧组成，这些用语特点也是对《圣经》语言的模仿。虽然雷蒙是以宗教改革领袖的身份向墨西哥民众布道，但布道词表现出的典型的《圣经》叙事特点在很大程度上暴露了叙事者的文化背景，这种背景显然不是墨西哥印第安人的传统宗教文化。

小说的颂歌和仪式中还引用大量基督教的宗教意象。仪式的场景都设置为一个中心，含有四种基本元素，与基督教图像类似。颂歌中提到的"生命之泉"在羽蛇神手中，以及来世之泉与《圣经》中的"生命水之泉"（Revelation 21：6）相呼应。值得注意的是，文中提到了大量的数字隐喻，也与基督教传统密切关联。小说中的女主人公来到墨西哥之后度过了她的40岁生日，这一天成为她人生中的一个临界点。正是在她的生日宴席上，她从客人那里听说复兴印第安人传统宗教的想法。从此以后，凯特不断审视自己的信念和生活方式，并作出了一系列改变，从城市搬到墨西哥的乡间小屋，与雷蒙密切交流宗教复兴计划，最后与印第安军官结合，成为宗教改革中的关键人物。而在40岁生日之前，她是一个偏激而焦躁，被墨西哥的气候和暴力嗜血的氛围搅扰得不安的白人妇女。小说清晰再现了凯特的成长历程，而40岁生日则是她人生的重要分水岭。诺瑞斯（Nanette Norris）从密教的角度解释了"40岁"的重要意义，她指出，"40岁"的象征意义与卡巴拉（Kabbalah）① 教义相关。

---

① 卡巴拉原本是犹太教的一个分支，具有神秘主义色彩，后来也发展成基督教的一个宗派，通常与神秘主义宗教阐释相关。它的核心概念便是"生命之树"（Tree of Life），墨西哥传统宗教也有类似改变，实际上在墨西哥初期的基督教传播过程中，印第安人能够很快接受的原因之一，也是十字架与他们的"生命之树"形状相似。

卡巴拉教义中提到，人必须在过了40岁才能开始学习卡巴拉，因为40岁是"开悟的年纪"①。这明确解释了凯特在40岁生日之后开启自我成长之路的原因。另外一个比较重要的卡巴拉数字是"26"。小说总共有27个章节，由"26"加上"1"组成，"26"是神的名字Yhvh的代表，"1"则表示神的整一。小说中一共出现了"26"首颂词，其中一首《我就是在世的羽蛇神》(*I am the Living Quetzalcoatl*) 则由26行诗句组成。26的数字隐喻也说明劳伦斯构思小说的深刻寓意。

另外，"4"也是文中较为常见的数字，在胡安娜一家诵读的颂词中写道：

> 他们抓住我的手，在他们的怀抱中，我死去了。
>
> 我死后，化作白骨，但他们并没有将我放弃，把我留给那四个方向的风，或者六个方向的风。他们说：他虽然死了，但灵魂不灭②。

雷蒙向西普里阿诺解释他想创立的新教的意义时，也提到了"4"与"生命树"：

> 我是木槿，你是斯兰，你的卡特琳娜则是野水仙，而我的卡洛塔则是白色的紫罗兰。我们四个便是一体，就是这么回事。人应该是个体的，不能互换，同时又是一体的，

---

① See Nanette Norris, *Modernist Myth: Studies in H. D., D. H. Lawrence and Virginia Woolf*, Fergus: Dreambridge Publishing, 2010, p. 102.
② D. H. Lawrence, *The Plumed Serpent*, New York: Vintage Books, 1992, p. 224.

因为只有一棵生命树①。

教堂重新开放后，雷蒙的加冕仪式上也充满了"4"的元素。首先是4个男人对雷蒙进行装点，分别给他戴上有鸟纹图案的花冠，在他脸上扎一条红色带子，胸部和腹部之间扎上黄色带子，而腰间则扎上白色带子。接下来，他们把四种液体混合倒进雷蒙手中的银碗，这些液体分别是"灵之酒、心之血、腹之油和腰之力"②。劳伦斯认为，"4是创造的数字"③，这应该是受到西方传统宗教观的影响。自文艺复兴以降，"4"都与万物的生成相关，"它是产生立体形式的第一个数"④，物质世界是由水、气、火、土四元素组成；人体有血液、体液、黄胆汁和黑胆汁四种体液；世界分成四等分，而《圣经》中记载，伊甸园中有四条河流。此外，在小说中教堂重新打开的仪式上，雷蒙身边有8个侍卫。"8"是"4"的两倍，它恰好是"象征再生的数、复活的数、永恒的数。它是创世后的第八天，也是复活节前那一周后的第八天，基督在这一天复活"⑤。仪式中的8个侍卫也暗示了羽蛇神重新来到人间，它将给墨西哥带来永恒的爱与和平。

除了墨西哥传统宗教元素、西方传统基督教元素之外，劳伦斯在塑造这场宗教运动时，还融入了他自己的存在哲学，即

---

① D. H. Lawrence, *The Plumed Serpent*, New York: Vintage Books, 1992, p. 247.
② D. H. Lawrence, *The Plumed Serpent*, New York: Vintage Books, 1992, p. 340.
③ D. H. Lawrence, *Apocalypse*, London: Penguin Books Ltd., 1996, p. 91.
④ 胡家峦：《历史的星空：文艺复兴时期英国诗歌与西方传统宇宙论》，北京大学出版社，2001，第185页。
⑤ 胡家峦：《历史的星空：文艺复兴时期英国诗歌与西方传统宇宙论》，北京大学出版社，2001，第186页。

理性与血性、男性与女性两股力量的对立和融合。在小说中，他突出显示了墨西哥人传统文化与西方理性文明对立的一面。在小说第七章有一段对墨西哥印第安仪式的详细描述：

> 鼓声又起了，节奏更快了，鼓点几乎是连续不断的，长笛吹出古怪而悠扬的旋律。就这样，一遍又一遍地重复着。
>
> 之后，圈内的一个人提高嗓门唱起了颂歌，一派古老的印第安人的演唱风格：声音浓重、节制、内向，是对着自己的灵魂唱，不是为别人唱，甚至也不是为上帝唱；和基督徒唱圣歌很相似，只是显得压抑和凝重。那是对着内在的玄秘唱，而不是对着外在的空间唱，是对着超越了空间的存在而唱，正是在那里，歌唱者在我们旋转的空间的轴心，发现了无限的空间。空间，正如世界，时刻运动着，也正与世界有个轴心一样，它也有个轴心。一旦你走入世俗的空间，你会发现这旋转着的空间巨大无边，是一个无限的循环。在它之中，一切都有生又有死[①]。

通过印第安人的仪式，劳伦斯抒发了他对印第安人原始文化的向往。"压抑"和"凝重"代表着下沉的力量，与基督教所宣扬的向上的力量相对。重复的鼓声则象征着历史的循环，与西方社会发展、进化的历史观相对。在循环的历史中，没有历史的演进，没有时间的流逝，人在去掉时间和空间维度的此在（Dasein）中达到永恒，就像凯特所说，"人性本身只是现时存在"，"发展和进化又能说明什么呢"？这样的人性，这样的存在

[①] D. H. Lawrence, *The Plumed Serpent*, New York: Vintage Books, 1992, p.123.

状态，就是劳伦斯所说的"即时的自我"（the quick self）。而在这一段吟唱之后，人们开始舞蹈，在舞蹈中男人和女人一起转动，"只有光闪的交接，启明星在她与他之间，在女子性与男子性之间，而且，不仅指她的舞伴这个男人。多美的舞蹈啊，两股相反的运动在流光中交接"①。劳伦斯描绘的吟唱和舞蹈仪式中宣扬的重复与循环，与叶芝的"旋转轴"（gyre）非常类似，舞蹈中的旋转象征着一个新的轮回将取代西方基督教文明，而男人和女人也会由此萌生出一种新型的关系。在舞蹈中，人与人重新结合成一个整体，也重新与自然的力量连接。

劳伦斯还运用了大量色彩意象来象征两股力量的对立与融合。在传统的墨西哥宗教中，的确将色彩与特定的神灵对应，但劳伦斯似乎没有遵循他们原来的用法。在仪式中，西普里阿诺被装点成活神威奇勒波奇泰力（Huitzilopochtli），"他的身体被涂上了红色和黑色的横条纹，从他的嘴上延伸出一条绿色的细线，眼睛则被涂成了黄色"，而在随后的颂歌中则将他与红、黄、白、绿以及黑色联系起来②，唯独没有在传统墨西哥宗教中出现的蓝色。蓝色则出现在了雷蒙身上，雷蒙作为羽蛇神的色彩是白色、蓝色和黑色，而凯特则是赤红色、蓝色、黄色、绿色和褐色。要理解《羽蛇》中劳伦斯赋予色彩的隐喻内涵，可以借助另一部墨西哥小说《骑马出走的女人》，其中也涉及仪式中的色彩，小说对此有明确的描述。

小说中仪式的色彩也主要体现在印第安人的服饰上。首先，仪式的祭司"头戴以黑、黄以及赤红色羽毛做成的配饰，身上披着由黑、黄、赤红色构成的毯状长袍，底部镶着

---

① D. H. Lawrence, *The Plumed Serpent*, New York: Vintage Books, 1992, p. 128.
② D. H. Lawrence, *The Plumed Serpent*, New York: Vintage Books, 1992, pp. 372-375.

宽大的绿边"①，部落男性"臂膀上带着红黄两色羽毛，腰上缠着白色裙带，裙带中间绣上深红、绿色以及黑色的长条"②。人祭仪式也充满与此对应的视觉意象：倒立的尖牙状冰柱，冰柱后中空的岩洞，岩洞深处有一个火把正在燃烧，而阳光在逐渐加强，等到最终"它会完全穿过冰柱，照到洞穴深处，最终直达洞穴底部"③，这便是女主人公被献祭的时刻。但这些描述同样与真实的印第安仪式存在一定差别。《盛放玉米之舞》是劳伦斯写于同一时期的散文，被认为是"对他 4 月 23 日在桑塔多明戈所见的生动描述"④。文中只描述到"绿色膀带"，白色腰带上的绣纹为绿色、红色、黑色⑤，以及"粉色或白色的棉衫，头发红绳绑在后面，并系上用粉色、白色或蓝色碎布做成的发带"⑥，完全没有提及小说中反复出现的黄、赤、黑。另外，笔者亦未在所查阅资料中发现类似小说中特殊视觉场景的记载⑦。

---

① D. H. Lawrence, *The Woman Who Rode away/ St. Mawr/ The Princess*. London: Penguin Books Ltd., 2006, p. 25.
② D. H. Lawrence, *The Woman Who Rode away/ St. Mawr/ The Princess*. London: Penguin Books Ltd., 2006, p. 25.
③ D. H. Lawrence, *The Woman Who Rode away/ St. Mawr/ The Princess*. London: Penguin Books Ltd., 2006, p. 36.
④ David Ellis, *D. H. Lawrence: Dying Game, 1922 - 1930*, Cambridge: Cambridge University Press, 1998, p. 179.
⑤ D. H. Lawrence, *Mornings in Mexico*, London: Martin Secker, 1930, p. 126.
⑥ D. H. Lawrence, *Mornings in Mexico*, London: Martin Secker, 1930, p. 128.
⑦ 首先，以劳伦斯阅读过多次的《金枝》为例，其中提到的只是"让她站在玉米堆上，接受所有人的朝拜和血祭"，然后"在玉米和种子的堆上砍下她的头"（参见弗雷泽《金枝》，徐育新等译，大众文艺出版社，1998，第 530 页）。其次，在西方最早的阿兹台克部族历史与文化研究者迪亚哥·杜兰（Diego Duran）的专著中可以找到对人祭仪式的详细描述，其中提到阿兹台克祭司会给受害者一把羽毛剑自卫、祭司的衣着以及将受害者放在石板上等细节，但对周围视觉场景的布置却只字未提（See Fray Diego Duran, *The Aztecs: The History of the Indies of New Spain*, New York: The Orion Press, 1964, pp. 111-112.）。可以推断，在真实的人祭仪式中并不存在类似的具有重要象征内涵的视觉场景。

实际上，这些视觉场景真正指涉的是一组隐喻意象。黄与赤红是火与太阳的颜色，黑色是黑暗，光的对立面。而祭祀仪式周围场景则借用了男性/女性二元对立的象征体系：倒立的尖牙状冰柱象征男根，代表理性、逻各斯；冰柱后的岩洞象征子宫，代表感官和本能。岩洞深处燃烧着的火把则将岩洞与火关联，与冰柱水的属性对立。祭祀的行使时间要等到太阳光刚好穿过冰柱，射入洞穴深处，而这一过程则象征着两股力量相遇融合，达到"完满"（consummation）。劳伦斯用"展开"（unfurl）一词刻画印第安人的舞蹈队形，暗示其环形结构，与始终伴随其中的鼓声一起象征节奏、重复。小说中女主人公与印第安男青年的一段对话解释了这几种色彩的象征内涵：

"为什么你们都有同样的色彩呢？"她问那个年轻的印第安男人，"为什么你们都为白色衣衫搭配上红、黄、黑的色彩？而女人们则都穿上黑色短袍呢？""因为我们的男人是火和白昼，我们的女人是星星之间的夜空"，他说①。

女主人公在仪式中也穿上了蓝色的长袍，而年轻的印第安男子告诉她：

这是风的颜色。这是再也不会返还的逝去之物的色彩，但它始终存留在我们中间，像死亡一样待着。这是死亡之物的色彩，它站在离我们很远的地方，从远处凝望着我们，

---

① D. H. Lawrence, *The Woman Who Rode away/ St. Mawr/ The Princess*. London: Penguin Books Ltd., 2006, p. 27.

却不会靠近①。

从以上对话可以看出，《羽蛇》中出现的色彩和《骑马出走的女人》中一样，有固定的隐喻意义。劳伦斯用它们来象征对立的两股力量。在《羽蛇》中，作为活神威奇勒波奇泰力的印第安军官西普里阿诺身上主要由黑色和赤红色组成，象征原始血性与"黑暗中的人性另一半"，黄色是太阳的色彩，象征墨西哥传统宗教对太阳的崇拜。女主人公凯特身上的蓝色和《骑马出走的女人》的主人公有两个含义，一方面她们是白人文明的代表，她们"应该回去"，另一方面她们又是女性与月亮神，是"蓝色的雨之母"，由此凯特便成为与西普里阿诺相互对立、相互呼应的力量，他们两人的结合象征两股力量的融合。而雷蒙只着白色与黑色，象征着"启明星"与羽蛇神，他便是一种居中和融合的终极状态。雷蒙的血统也恰好符合他的这一身份，凯特是纯种白人，西普里阿诺是印第安人，雷蒙是西班牙殖民领主的后代，身上有一部分印第安血统，他本人便是两种血统兼有的居中者和连接者，因此只有他能够担当起羽蛇神的重任，用宗教改革来创立一种新的文明形式。

正如劳伦斯自己所言，"我想从美洲得到的是一种未来感，让被剥削的过去见鬼去吧。我相信在美洲，人们能从原始的印第安人、原始的空气和土地那里获得某种情绪上的冲动，它能帮人渡过现世精神抑郁的危机，到达新纪元"②。他在墨西哥游

---

① D. H. Lawrence, *The Woman Who Rode away/ St. Mawr/ The Princess*. London: Penguin Books Ltd. , 2006, p. 30.
② Warren Roberts, James T. Boulton, and Elizabeth Mansfield, eds. , *The Letters of D. H. Lawrence*, Vol. IV, Cambridge: Cambridge University Press, 2002, p. 157.

历的过程中见证了当时社会盛行关于宗教改革的呼声，这一真实的经历为他提供了塑造他一直探索的理想社会的契机。因此，他结合自己所了解的墨西哥传统宗教知识，融入些许基督教元素，并以自己的认识论为框架，塑造了复兴墨西哥传统文化的宗教改革。正如卢德曼（Judith Ruderman）所述，"劳伦斯想要达到的目的是找到合适的方法来理解这种仪式，融入其精神教义。在他探索的过程中，人类学与艺术既是他的指导也是他的工具"①。卢德曼是从劳伦斯白人身份的角度来评论他在小说中所描绘的印第安宗教和仪式，"指导"和"工具"说明劳伦斯的知识结构依然处于西方话语系统，而"教义"更表明其目的与中心是西方社会。他的评论在一定程度上解释了劳伦斯的几部墨西哥小说特别是《羽蛇》的创作意义，但忽视了另一条线索，也就是墨西哥的历史背景。劳伦斯希望借小说来实现的，在"融入其精神教义"之外，还有与墨西哥当时的社会历史展开对话，为他们还原一个以印第安人传统文化为主导的文明。然而，正如基督教在墨西哥的传播过程也融入了许多印第安人的传统习俗而被本土化一样，要在墨西哥重新建立其"纯正"的宗教文化已无任何现实可能性，只是劳伦斯的一种理想主义的文学想象。但不管是墨西哥真实的宗教背景，还是劳伦斯通过小说所塑造的宗教改革都表明，在殖民地社会，不同种族的人杂居所导致的不同文化的碰撞与对话，以及由此而衍生出的新的杂糅文化形成的过程。因此，如果只是从白人的角度来解读《羽蛇》对西方文明新生的探索，或是只从印第安人的角度来批判

---

① Judith Ruderman, "Lawrence as Ethnographer and Artist", in Virginia Crosswhite Hyde and Earl G. Ingersoll, eds., *"Terra Incognita": D. H. Lawrence at the Frontiers*, Madison: Fairleigh Dickinson University Press, 2010, p. 44.

劳伦斯的殖民者意识,其实都属于极端的本质主义思维。探讨西方人的文化霸权并不意味着完全否定西方文化对墨西哥印第安人的正面影响,《羽蛇》其实也可以视为一个白人在墨西哥的特殊历史背景中想要参与其中的尝试。他在小说中通过融合各种不同元素来塑造宗教改革实际上也是对自己历史经验的再现,而这种再现也极具预见性地塑造了两种文化的对话与融合。

二 政治改革与历史经验对话

在劳伦斯的几部墨西哥小说中,《骑马出走的女人》《公主》几乎不涉及对政治体制的讨论,更多体现出个体间的文化冲突。《羽蛇》沿袭了《袋鼠》(*Kangaroo*)对政治议题的讨论,所以一度被视为"领导"小说。实际上,和《羽蛇》中的宗教改革一样,劳伦斯在其中对政治体制的探讨并不完全是对个人政治理想的抒发,其中也有对墨西哥历史经验的再现。劳伦斯游历墨西哥期间,墨西哥国内掀起一股改革潮,不仅涉及宗教、文化,还牵涉政治体制方面。这样的社会局面也成为促使劳伦斯创作《羽蛇》的主要动机,小说以宗教改革为主线,还涉及大量对建立新型政治体制的讨论,是劳伦斯自己政治理念与墨西哥历史经验的对话。

墨西哥是一个典型的后殖民社会,在经历了西班牙漫长的殖民统治之后在 1821 年取得独立。独立后的墨西哥一方面亟须摆脱对欧洲政治和经济上的依赖,另一方面也要应对国内长期以来蓄积的各种矛盾。阶级、种族之间的利益冲突成了墨西哥独立以后最主要的社会问题。独立战争胜利后,原本作为新西班牙总督区的墨西哥社会秩序变得支离破碎,农民起义军和游击队常常通过暴力来牟取利益，他们袭击商人和庄园，趁着动荡的时局侵占农田和牧场。在城市地区，大量的流浪者、小偷和赌徒流窜在公园和公共市场里，对城市公民的安全造成威胁。在政治体制上，独立后的墨西哥由自由主义者、保守人士、联邦派与中央集权者轮番执政，各种政治试验、经济战略的失误将墨西哥引入虚弱而分裂的境地。一直到19世纪60年代末，墨西哥才开启现代化进程。1876-1911年，波菲里奥·迪亚兹主政墨西哥。在此期间，迪亚兹实施了一系列改革举措，将墨西哥带上了高速发展的现代化之路。但过分依赖社会精英与国外经济势力的发展模式导致了利益分配不均，由此引发诸多社会问题。到1910年，墨西哥大多数企业均由外国人（英国人和美国人占多数）拥有，甚至墨西哥20%的土地也归在外国人名下。因此重新分配财富的呼声高涨，1910年秋，由佛朗西斯科·马德罗（Francisco I. Madero）率领的平民队伍武力推翻了迪亚兹政权，由此掀开了10年内战的大幕。在整整10年时间里，一系列残暴的内部斗争导致大批人员伤亡，矿井和工厂倒闭，经济一片萧条，文化和教育也陷入停滞。一直到20世纪20年代，内战结束，墨西哥又开始进入漫长的复兴与重建期。

墨西哥的殖民背景、混杂的文化以及战乱后的重建局面为劳伦斯实现自己的社会理想提供了合适的时空土壤。吉尔伯特（Sandra Gilbert）也认为，墨西哥为劳伦斯提供了"一个可以投射他的诸多最激进设想与焦虑的地理和文化环境"[①]；劳伦斯自

[①] Sandra Gilbert, "D. H. Lawrence's Mexican Hat Dancing: Rereading *The Plumed Serpent*", in Shlomith Rimmon-Kenan and Leona Toker, eds., *Rereading Texts/Rethinking Critical Presuppositions: Essays in Honour of H. M. Daleski*, Frankfurt: Peter Lang, 1997, p.293.

己也在散文中表达了他想要重新书写墨西哥历史的意愿,他认为大多数白人没能真正了解墨西哥,更遑论对这个国家的将来进行深入思考,"这些站在墨西哥土地上的白人从来没能深入这片土地哪怕半寸"①。即便如此,很少有人真正像劳伦斯所说的那样深入墨西哥的历史土壤去了解,那些能够唤起他的注意并为他的书写提供根基的现实背景究竟是什么,所以才会产生诸多误读和误解。劳伦斯的墨西哥小说,特别是《羽蛇》,虽然引入了许多作者个人哲学与政治思想,但无疑也折射了大量墨西哥社会现实。小说开篇便展现了当时的萧条景象:

> 墨西哥!这个巨大的、深不见底的、危险的、干燥而又野蛮的国度!每一个景区都有一个犹如从虚无中产生的美丽的教堂,然而,大革命摧毁了他们,圆顶被破坏,尖塔被推到,风景区也被夷为平地。
>
> 贵族的庄园被推平,通向这些庄园的大街瓦砾一片。
>
> 西班牙人白手起家在墨西哥建设的大大小小的城市,也被不同程度地毁掉了,凝聚这些建筑者心血的石头如今死去了,城市中流溢的西班牙精神死去了。土著人涌到中心广场,在那里,西班牙式建筑,极度疲劳而又无法言说地倒立在四周。
>
> 被征服的人种!有着钢铁意识的征服者,踏着钢铁步伐,这一切都已成为过去。而今,被征服者正缓慢地,在沉重的黑夜之中,在沉重的无望之中啼哭②。

---

① D. H. Lawrence, *Phoenix: The Posthumous Papers*, Edward D. McDonald, ed., New York: Penguin Books, p. 105.

② D. H. Lawrence, *The Plumed Serpent*, New York: Vintage Books, 1992, pp. 74-75.

从这段描述中可以看到，内战中受到最大冲击的便是教会与庄园主，而他们在波菲里奥时代却都是最大的利益获得者阶层。除了他们外，还有一个备受冲击的群体便是墨西哥的外国人，他们也在波菲里奥时代大量引入外资，在发展工业和交通的过程中大量获利。大革命之后，原本处于墨西哥社会金字塔顶端的群体受到底层人民的挑战。他们希望通过革命来重塑身份，争取更多的社会资源。所以，墨西哥内战和后来的重建本质上都是关于利益的重新分配。为消除外国势力的影响，民族主义势力逐渐抬头，他们从宗教改革入手，希望建立新的国教来重塑以墨西哥传统文化为思想基础的民族文化。另外，在大革命中成长起来的"革命家族"代替了波菲里奥时代的社会精英，成为墨西哥社会的主导力量。由于"革命家族"主要是由白手起家的将军以及工农领袖所组成，在他们掌权的时代，代表工农等底层贫民的布尔什维克主义成为主流意识形态。

劳伦斯观察到的墨西哥正处于民族主义与社会主义氛围甚浓的历史时期，而作为一个白人，即当时被敌对的阶层，劳伦斯对这场社会运动感到极度不安，这也是《羽蛇》随处可见的恐惧情绪产生的原因。事实上，劳伦斯刚到墨西哥后，便在书信中透露了他的焦虑，"几乎所有的农场都被摧毁，你离开村庄或镇上哪怕一英里都无法生活，因为很有可能会被流窜的强盗和土匪抢劫或杀死，这些人自称为革命者"[①]。墨西哥大革命的主要原因是社会资源和财富过度集中在精英阶层手中，而社会底层的劳动者和农民希望能够推翻既有的社会结构，重新分配财富与资源。革命必然会造成社会秩序混乱，并且在很长时间

---

① Qtd in Knud Merrid, *A Poet and Two Painters*, London: Routledge, 1938, p. 292.

内无法恢复。加之革命期间领导人夺取国家政权以后，也开始为个人牟利，使得最初的革命目标无法实现，这也会导致人民再一次革命重新争取权利。正如墨西哥小说家卡洛斯·方提斯（Carlos Fuentes）所说，"他们今天的目的是为领导者挣得荣耀。……我们把自己置于分裂的经历，被这些残暴的、充满野心的平庸之辈控制。而那些想要实行真正的激进和毫不妥协的革命的人（如维拉和扎帕塔），却是无知和嗜血之徒"①。方提斯的文字在一定程度上印证了劳伦斯的看法，他们都认为革命并没有给墨西哥带来稳定，反而致使其陷入混乱。但与方提斯不同的是，劳伦斯并没有意识到革命本身并未完结，而是把墨西哥政局的持续动荡归咎于社会主义意识形态。在他看来，正是社会主义倡导革命与颠覆的思想造成墨西哥的混乱现状，因为人们"本能地想要摧毁一切"②。此外，劳伦斯还认为，社会主义其实和资本主义一样，是来自西方的舶来品，墨西哥人根本无法理解其中的本质内涵，因此也就无法正确将其用于社会实践。劳伦斯对布尔什维克的负面看法在《羽蛇》中通过女主人公对壁画艺术的评论得到表达：

> 在许多以印第安人为体裁的作品里，充满了对印第安人的同情，但这种同情是从理想主义和社会观点出发的，而不是流动在血液中的本质上的同情。事实上，那些印第安人成了现代社会主义表现自身的工具性符号，成了现代工业资本主义文明的牺牲品。这些形象的含义仅仅是：精明的社会主义和无政府主义的感性诠释。

---

① Carlos Feuntes, *The Death of Artemio Cruz*, London: Collins, 1964, p.156.
② D. H. Lawrence, *The Plumed Serpent*, New York: Vintage Books, 1992, p.110.

……

1200万穷人，主要是印第安人，也就是说总统蒙特斯大谈特谈的穷人，又怎么样呢？你不可能让他们都富起来，不管你怎么干。而且，他们根本就不理解"社会主义"、"资本主义"这些概念。他们确实是墨西哥人，但人们连看都不看他们一眼。你们只是在宣传的时候，才能想到他们。然而，作为人，他们不是为你们而存在的①。

因为墨西哥内战造成的混乱局面，劳伦斯对墨西哥大革命极为失望，并认为应该建立一个以墨西哥本土文化为基础的新型体制，才能改善糟糕的社会局面。通过宗教革命，建立新的墨西哥国教，形成新的国家意识形态，并以此为依托建立新的统治秩序，以期真正解决墨西哥面临的问题。在《羽蛇》中，雷蒙和西普里阿诺在宗教改革之余，组织了一个小型社会，这正是劳伦斯结合自己的政治理想建立的社会雏形。从《袋鼠》开始，一直到《阿甘的权杖》和《羽蛇》，劳伦斯一直在这些所谓"领导者"小说中大肆宣扬自己的政治理念。概括来说，劳伦斯的政治理想倾向于无政府主义。在他看来，真正理想的社会并不是建立在权力和物质的基础上来架构，而是以每一个个体天性的全然施展为前提。而真正能够实现个人天性的并不是以国家为单位的大型社会组织，而是由少数人组成的小型社群。实际上，劳伦斯的无政府主义思想由来已久，他非常熟悉的威廉·布莱克就被视为"英国无政府主义的伟大先锋"②，他的阅

---

① D. H. Lawrence, *The Plumed Serpent*, New York: Vintage Books, 1992, pp. 47–49.
② Peter Marshall, *William Blake: Visionary Anarchist*, London: Freedom Press, 1994, p. 11.

读书单包括奥斯卡·王尔德、梭罗以及托尔斯泰的作品，而他们都是著名的无政府主义者。就他自己而言，也有不少人发现他的无政府主义倾向。加内特（Edward Garnet）很早以前就指出，劳伦斯和托尔斯泰一样，"希望通过建立小型社群来从精神上改变世界"①；甚至他自己都曾在书信中与友人交流过自己的设想，认为一个理想社会中，"不会再有法律：每个人都受自己的灵魂感召，起誓为自己负责"②。

在《羽蛇》第22章，劳伦斯让墨西哥军官西普里阿诺和他的军队一起实践了这个理想的小型社会计划，而维系他们的是"第二种力量"。实际上，小说中"第二种力量"就是劳伦斯一直强调的与自然直接相通、以血性感知为基础的原始生命力。最理想的情景是，社会是由充分发展的个人组成的有机体，而个人以最自然的形式存在，生存的目的是满足内心自发的欲望，而不是任何其他外在因素。劳伦斯的观点接近尼采的酒神精神，都是对潜在的原始欲望的张扬。小说中西普里阿诺就是以这样一种形式存在，而他获取这种内心自发的"第二种力量"的方式就是舞蹈。他跳各种形式的印第安舞蹈，与自然相通并从中获取生命的力量，因为这些舞蹈具有"生物隐含的暴力"和"地球蕴藏的潜力"③。但文中的描述表明，并不是所有人生来就

---

① Qtd. in Dorthe G. A. Englehardt, *L. N. Tolstoy and D. H. Lawrence: Cross-Currents and Influence*, Berlin: Peter Lang, 1996, p. 11.
② James T. Boulton and Andrew Robertson, eds., *The Letters of D. H. Lawrence: Volume III*, Cambridge: Cambridge University Press, 1984, p. 353.
③ 对于劳伦斯来说，印第安人的舞蹈就是这样源自我生命力、"为自己负责"的形式。印第安人的舞蹈仪式并没有一个外在的观看者。他们的舞蹈没有观众，没有表演者，所有的都融为一体。由此，自然也就没有一个外在的神灵，"神被内化其中，融入创生的过程，没有被剥离开，也不凸显自己"（*MM*: 114）。印第安人的舞蹈显示了他们的宗教观，他们并没有一个外在的绝对的"神"，他们的神是无所不在的、内化的、与自我统一的存在。

具有这种获得"第二种力量"的能力。在由西普里阿诺的部队组成的小型社会中,士兵们需要经西普里阿诺指导才能"获得较高存在的意义",而且"他们在他的力量中获得了自己的威严"①。西普里阿诺扮演着劳伦斯所说的"自然贵族"(natural aristocrat)的角色,宗教改革中的雷蒙和凯特同样如此,他们才是真正的社会"领导者"。正如雷蒙所说:

> 每个国家都有自己的圣人,每个民族也一样有自己的圣人,这些圣人便是世界上的自然的贵族……民族之花便是我刚才说的"自然贵族",世界之普遍精神可以通过他们在各民族传播,从而哺育各民族。只有自然贵族可以超越各自的民族,但并不游离于本民族之外;只有自然贵族才具有世界性、国际性、宇宙性。历史向来如此,普通人只是庸人②。

雷蒙的话似乎又体现了某种矛盾,因为它体现了崇尚权力与等级的集权社会的特征,这与劳伦斯强调个人的无政府主义理念相悖。此外,西普里阿诺还给自己的军队规定了严格的纪律,让他们洗衣、做饭、打扫兵营、粉刷建筑物、种菜、植树,通过跳舞和行军来磨炼意志,并增强战斗力。西普里阿诺对部队的管理自上而下、强调纪律、崇尚等级,这些都是行之有效的集权式的规训手法。很多论者由此认为,劳伦斯是在倡导法西斯主义。还有缓和一点的意见认为,劳伦斯因为某种不为人知的原因,无法贯彻自己的政治理想。正因为如此,《羽蛇》被

---

① D. H. Lawrence, *The Plumed Serpent*, New York: Vintage Books, 1992, p. 364.
② D. H. Lawrence, *The Plumed Serpent*, New York: Vintage Books, 1992, p. 246.

许多评论者所诟病，贝尔（Michael Bell）认为，《羽蛇》中显示的矛盾以及与前期"领导者"小说的断裂是一种美学上的失败①；还有论者指出，《羽蛇》中并存的个人主义与集权思想是一种"辩证关系"②。然而，无论哪种解释都没有明确解答产生矛盾的原因。

实际上，将《羽蛇》中的政治思想视为"矛盾""断裂"或"辩证关系"都只是将劳伦斯之前的小说和思想纳入讨论框架，却忽视了墨西哥的现实背景。首先，其实劳伦斯在《羽蛇》中建立的依然是一个以个人为基础的无政府主义社群。雷蒙和西普里阿诺的领导者形象并不是集权意义上的独裁者，劳伦斯已经通过雷蒙对西普里阿诺的解释对此进行说明，他说，"我们要成为人群中的领袖，人群中的领主，不是人们的领袖，也不是人们的领主"③，"我不会施加命令，也不会服从"④。由此看来，劳伦斯的"自然贵族"在人群中充当的是示范者，而不是统治者。其次，小说中对强有力的领导者的向往其实是针对墨西哥混乱的现状而言。尽管劳伦斯对墨西哥平民受压迫、受剥削的命运充满同情，但他的白人身份依然限制了他的思维。由于在大革命期间，外国人和本国精英一样被视为需要被打倒的对象，大部分在墨西哥生活的西方人其实对革命持否定态度。和他的同僚一样，劳伦斯也将墨西哥混乱的局势归咎于内战和革命中所宣扬的社会主义意识形态。对此，小说中的德国旅馆

---

① See Michael Bell, *D. H. Lawrence: Language and Being*, Cambridge: Cambridge University Press, 1991, p. 165.
② Donna Pryzybylowicz, "D. H. Lawrence's the Plumed Serpent: The Dialectic of Ideology and Utoqia", *Boundary 2*, Vol. 13, No. 2/3 (Winter-Spring, 1985), p. 295.
③ D. H. Lawrence, *The Plumed Serpent*, New York: Vintage Books, 1992, p. 178.
④ D. H. Lawrence, *The Plumed Serpent*, New York: Vintage Books, 1992, p. 179.

经理的言论颇具代表性,"这场革命和社会主义没有任何意义,不过是一种像梅毒一样的传染病"①。此外,西普里阿诺管理自己军队时,尤其重视规则与纪律。"纪律是墨西哥所需要的"②,这句话其实也暗示了劳伦斯对当时墨西哥政治局面的看法,他认为治理墨西哥的混乱局面需要一个强有力的政府。梅耶斯(Jeffrey Meyers)就发现,《羽蛇》还有一个潜藏的主题便是"对革命前岁月的强烈缅怀"③。劳伦斯在同时期的散文中也表达了类似的思想,他认为墨西哥革命的领导者并不完全代表普通民众的利益,只是一群善于喊口号的煽动家,而民众需要"围绕一个选定的伟大人物团结起来,这个英雄人物既可以领导一场伟大的战争,也可以带来广泛的和平"④。符合这一形象的"伟大人物"无疑是统治了墨西哥35年之久并为墨西哥带来短暂繁荣的波菲里奥·迪亚兹。

由此看来,劳伦斯似乎是矛盾的:一方面,他顺应墨西哥的历史潮流,试图通过宗教改革和新的社会体制来重建墨西哥;另一方面,他又表达了对墨西哥大革命的负面看法,以及对革命前更强有力的政府和更稳定繁荣的社会局面的缅怀。但与其说这是矛盾,不如说这是一种对话式的叙事策略。政治观点上劳伦斯有他作为一个白人所无法突破的局限,他既没能意识到波菲里奥治下的稳定是以牺牲中下层贫民的利益为代价,也没有看到革命后的政府对改善社会的贡献。但劳伦斯毕竟是一个

---

① D. H. Lawrence, *The Plumed Serpent*, New York: Vintage Books, 1992, p. 111.
② D. H. Lawrence, *The Plumed Serpent*, New York: Vintage Books, 1992, p. 364.
③ Jeffrey Meyers, "The Plumed Serpent and the Mexican Revolution", *Journal of Modern Literature*, Vol. 4, No. 1 (Sep., 1974), p. 64.
④ D. H. Lawrence, *Movement in European History*, Oxford: Oxford University Press, 1971, p. 306.

作家，而非政治家，他所创建的只是一个基于墨西哥现实与自己政治理想的想象中的社会。所以，小说内部隐含着双重叙事线索，他既要兼顾墨西哥现实中的历史背景，同时又要施展自己的政治抱负，必然会出现一些不连贯和断裂的现象。但这种矛盾并不能证明劳伦斯在小说创作上的失败，而是更接近现实经验，是劳伦斯以一个白人的身份来与墨西哥历史现实展开的对话。所以，《羽蛇》并不像早期的"领导者"小说，或者《虹》和《恋爱中的女人》那样在一个封闭的白人体系中独白，而是结合了他自己在墨西哥所经历的现实体验，这样的结合使《羽蛇》成为墨西哥历史文化中的一环。小说第三章中，凯特生日宴上宾客们的对话就表明，不管是来自欧洲的白人，还是墨西哥当地人，没有任何人能置身事外，他们热烈的讨论是出于对墨西哥未来发展的密切关注，墨西哥的命运关系到身处其中的每一个人，而"墨西哥"也由此成为一个生活在这片土地上所有人共享的身份。

小　结

综上所述，《羽蛇》是一部非常复杂的小说，这是由于其叙事采用了多重线索，是不同声音之间的对话。它已经不能只被单纯视为一部"领导者"小说，因为与其他几部具有鲜明政治意图的小说《袋鼠》《阿甘的权杖》相比，它更关注墨西哥的现状和未来。《羽蛇》与劳伦斯前期小说呈现的断裂从小说章节安排便可窥见些许端倪。《虹》的章节是以连续发展的事件命名，体现了一个家族的变迁和个人的成长；《袋鼠》多以男性人物命名，体现了以男性气质为主导的政治力量；而《羽蛇》中大多数章节的标题都涉及地点,小说从地点的变化切入,叙述了女主人公凯特在墨西哥的各种体验。所以,《羽蛇》的叙事虽有宗教改革这条主线,但也在其中穿插了大量游记式的见闻。游记这种叙事方式则最能体现文化边界中自我与他者的对话,所以与其他小说不同的是,劳伦斯不再执着地关注自我,而是更多地展现自己在异乡的所见所闻,并将自己的思考融合进去。这样的情节安排就是一次自我理念与他者文化的对话。

从对墨西哥宗教文化和政治体制发展的历史背景梳理中可以看到,独立后的墨西哥就是一个由占多数的混血人种组成的多元文化社会。西班牙的殖民统治让来自西方的基督教成为主流,但在其推广传播过程中的本土化策略也将墨西哥传统宗教、犹太教甚至非洲部落宗教等各种元素融入其中。另外,纵观墨西哥政治格局的发展,他们也是在借鉴西方社会政治经验的同时,在本国各方势力斗争角逐的基础上发展了一套独特的政治体制。可以说,墨西哥本国的发展史便是一个深受西方文明影响、将本土文化与西方文化混合的过程。而劳伦斯通过大量细腻丰富的描写,生动地再现了墨西哥这种复杂的"混杂"文化。虽然劳伦斯本人可能对这种"混杂"表示怀疑,认为墨西哥当时的乱局皆源于此,但劳伦斯在对墨西哥宗教和政治体制改革的探索中体现了西方文化与墨西哥文化的对话与交融,这本身便是对墨西哥混杂文化的印证。

结　论

后殖民理论兴起以来，学界对刻画殖民社会小说文本中潜藏的殖民者与被殖民者权力关系与身份定位的解读与阐释都具有鲜明的预设立场。较为新近的研究已经能够意识到，不管是个人层面的自我认知，还是集体层面的文化身份都是一种变化的、不稳定的连续谱系，永远处于重新发现的过程中。就像斯图亚特·霍尔所说，"我们不要把身份看作已经完成的、然后由新的文化实践加以再现的事实，而应该把身份视作一种'生产'，它永不完结，永远处于过程之中，而且总是在内部而非外部构成的再现"①。也就是说，对于殖民主义的历史影响，人们不再以黑格尔式的主奴二元对立的辩证关系来看待，而是以"矛盾""双向""模棱两可"等概念来替代。然而，大多数具有类似主张的研究对象似乎只针对处于边缘和弱势地位的殖民地人，说明他们在摆脱殖民统治后所面临的身份困境，以及曲折的社会发展历程。极少有人注意到，其实族裔散居情况下身份的流变问题对处于霸权地位的西方殖民者也同样适用。这并不是说霸权就不存在，殖民权力依然通过认知暴力以各种秘而不显的形式影响着被殖民者，但去殖民化运动之后，殖民地区

---

① 斯图亚特·霍尔：《文化身份与族裔散居》，罗钢、刘象愚编，《文化研究读本》，中国社会科学出版社，2000，第212页。

已经开始有意识地反抗这种霸权,通过展开各种民族主义运动来抵抗殖民文化的影响。

实际上,即便是去殖民化运动,也并不是指以前殖民地国家纷纷取得独立为时间上的开端,而是在很早以前就开始过渡和铺垫,这在西方殖民国家内部也同步进行。或者说,其实这场声势浩大的后殖民主义思潮追根溯源还是要归结于西方主流思想的变化。就像《逆写帝国》中谈到的那样,在19世纪八九十年代那场"掠夺非洲"的殖民行动同时带来了欧洲文化与非洲文化的相遇,一种全然不同的世界观深刻影响并改造了整整一个时代的审美。这其中暗藏这样一个悖论:即原本只是作为"拿来"的工具的他者,在西方社会营造了一种不断的"在场",而这种在场不仅凸显了他们与白人的差异,更揭示了他们作为人类与西方人的共性,而这直接促使西方人反思殖民主义,并在一定程度上为殖民地国家的独立运动与少数族裔的平权运动提供了观念支撑。另外,西方社会盛行的去中心化思想运动、解构主义对宏大叙事的反拨也为后殖民思想提供了方法论。所以说,西方国家也并不是只有对被殖民者的掠夺与侵袭,它甚至在其内部孕育了去殖民化潮流。在经历过内部与外部的变化之后,殖民者身份并非一成不变,殖民话语也不具有本质主义性质,殖民者与他者的关系也不再是二元对立体系中的相互排除的范畴,而是滑动阶梯上的不同定位点。这也就是劳伦斯时代既有像吉普林这样为帝国主义高唱赞歌的作家,又有像康拉德和福斯特那样对不同文化的交互影响持怀疑态度的作家,也有像劳伦斯这样对帝国主义进行深刻反思的作家的原因。

劳伦斯的四部以墨西哥为背景的小说就体现了他的反思,而比他的反思更为重要的是,这几部小说体现了一个白人与他者文化正面交锋时所经历的对抗与对话。或许是因为他自身的成长经历，他生活在乡村向城镇过渡的边界区域，自己的发展历程又使他始终处在工人阶级与精英阶层的文化边界，所以才会在后来的美洲旅程中对自我与他者的边界状态具有如此敏锐的洞察力。因此，他的墨西哥小说总是在描述主人公复杂的心理变化，各种冲突不断，叙事线索也较复杂。然而，这些特征并不说明劳伦斯叙事技巧拙劣，或者小说在美学上的失败，而是恰恰反映了跨文化边界状态下自我与他者持续的对抗与对话，以及由此产生的新的文化身份，而这正是他几部墨西哥小说早前被忽视的重要价值所在。本书通过对几部小说进行细致的文本分析发现，作为白人的主人公在与异质文化遭遇的过程中，通过与他者持续的碰撞与交流，产生一种新的殖民者身份。这一过程不再是萨义德在《东方学》中所论述的那样，是对帝国主义意识形态的确认，而是在他者的影响下，变得不再稳定，具有变化的倾向和趋势。

由于劳伦斯的白人身份，他的小说在立意上始终受自我文化的影响，这一点从空间角度来反映就是小说的"出走"主题，这也符合西方社会殖民进程中占领海外土地的政治目的，而为满足这一目的，人们需要有探险精神。《骑马出走的女人》《公主》的女主人公都在自己生活的环境中表现出躁动不安的情绪，她们执意一个人去往墨西哥山林深处，寻求灵魂的成长。《圣·马尔》中的女主人公出于对英国社会的失望而出走美洲，最后将美洲山林中的农场视为获得新生之地。而《羽蛇》中的女主人公也是独自一人生活在墨西哥乡间，最终投入墨西哥的宗教复兴运动中。她们能够通过"出走"来实现自我成长，也是因为帝国疆界的拓宽才成为可能。对小说中的人物来说，空间并

结 论

不对他们构成限制。他们家中的装饰品来自世界各地,可以随意将自己生活的空间与世界的其他地方进行比较,也可以随意出行至世界各地。可以说,劳伦斯在让他笔下的人物"出走"去探索新的文明形式时,展现出作为帝国公民空间上的野心和特权。

而随着故事在细节上展开,疆界不再无限延伸,而是受到了他者的阻碍。一方面,为实现占领土地的目的,殖民者将所见之自然景观转化为具有实用价值的知识,并投射其征服异域土地的野心,这是一种显著的殖民者视角。另一方面,异域自然中的"地之灵"对殖民者意识形成强烈冲击,这在《圣·马尔》中得到充满展现,一对新英格兰夫妇的开拓之旅并非一帆风顺,他们逐渐在与"地之灵"的交锋中败下阵来。"地之灵"对新英格兰夫妇的回击说明,自然并不是等待被征服的客体,而是具有能与殖民者抗衡力量的主体,他们的关系是主体与主体之间的正面交锋。而在人与人的交往领域,空间的争夺更为激烈。在《羽蛇》中,劳伦斯通过凯特与其仆人胡安娜一家生活琐事的描述展现这种空间中的对抗。殖民者为维护自己与西方的联系,在家庭空间布局上遵循传统的空间设计规则,竭力维持自己生活领域的"欧洲性"。他们在建立有效的隔离体系来维护自身的权力与地位的同时,又在生活上依赖殖民地人的服务,将他者引入自己的生活空间。而这样的生活方式必然为他者带来能够进行反抗的空间缝隙,搅扰殖民者建立的隔离秩序。胡安娜一家在日常生活中的诸多表现便是对凯特的公然挑衅。但空间隔离又将白人置于孤立无援的地步,出于对自身安全的考虑,他们需要借助身边殖民地人的帮助来营造"家"的安全感,这促使他们主动走进殖民地人的生活空间,并设法融入他们的社群。

小说情节的深入揭示了殖民者空间意识的变化,从最初充满野心的开拓、物理和心理空间的无限拓展,到"地之灵"的逆向侵袭阻断了空间继续延展的可能,再到定居后划定自我与他者的边界,最后在他者的抵抗与自身需求的影响下,逐步抹除界线。小说空间叙事的衍变说明殖民进程都并非所向披靡,权力也并不是毫无阻碍地单向铺展,殖民者主体时刻面临来自他者的逆向施压,这动摇了殖民者的主体意识。小说的空间叙事大部分体现了明显的殖民者意识,但这也是一个不断修正与定位的过程。这种变化暗示了发生在殖民地社会的一个变化趋势,即空间边界在逐渐消弭,社会中的空间分配会逐步走向杂居与共享。这对生活在其中的不同群体产生巨大影响,使自我与他者的区分不再那么明确,身份也成为一种不断迁徙的能指。

身体场域也在发生着同样的变化。首先,殖民地社会存在以身体特征为标准对自我与他者的区分,这通过肤色与服饰来体现。《羽蛇》有大量人物的细节描写体现了白人与墨西哥贫民之间的身体差异。通常来说,在墨西哥生活的白人多属于社会中上层,他们具有良好的审美品位和雄厚的经济实力,因此他们的衣着面料考究、搭配得体,设计也相对精美。而墨西哥贫民除了肤色偏黑以外,服饰的面料、做工或是设计,都显得较为低级,而这也与他们恶劣的生存条件和低下的经济地位密切相关。肤色与服饰在白人与有色人种之间划出一条明确的界线,而由于生理和经济原因,身体边界比空间边界更为绝对,几乎没有颠覆的可能。而通过模仿来消除差异的方式只会招来白人更加强烈的轻视与嘲笑,在这种情况下,被殖民者要突破界线,改善自己的处境,似乎只能诉诸暴力。他们的暴力行为对他们自己而言是一种革命性力量，却加深了白人对有色人种的偏见，巩固了他们一贯持有的对有色人种野蛮落后的成见。

另外一种相对柔性的打破差异的方式便是种族通婚。有色人种大多对白人有潜在的欲望，暗自期盼能与白人联姻。这不仅仅是因为受霸权文化的影响，将"白"视为美是审美因素使然，同时也有政治和经济方面的考虑，因为他们希望通过联姻获得与白人同等的政治和经济利益。同时，与白人结合也能将他们的后代"乳化"，使其脱离有色人种社群。所以，只有被隔离的白人社群之外的有色人种才会排斥与白人的性接触，一方面这样的族群偏向保守，不希望自己部族血统的传承受到影响；另一方面，他们也并不了解加入白人社会能带给他们什么利益。就像《骑马出走的女人》中印第安人部落男性，他们就几乎没有对白人女主人公有任何非分之念，甚至在她赤身裸体的时候也是如此。但多数生活在白人身边，或者与白人有接触的有色人种，却都希望能与白人建立亲密关系。《圣·马尔》中的印第安仆人总是挑逗身边的白人女仆，希望引起女主人的注意，也常常幻想自己能够与对方结合；《公主》中的墨西哥导游也是在与女主人发生关系后，希望能够加深这种关系；《羽蛇》中的印第安军官则一开始就认为，女主人公凯特应该成为自己的妻子。

与此相对的是，有色人种对白人似乎也存在性吸引力，这与殖民进程中西方人将土著人刻画成性欲旺盛、性器官发达的形象，并借以转嫁释放在自我文化氛围内被长久压抑的欲望有关。对土著人身体的展示推动了西方社会的性祛魅进程，为性解放运动作了铺垫，同时也在白人心中培养出对有色人种的性需求。这在劳伦斯的几部小说中都有所体现，《骑马出走的女人》中的女主人公暗自希望印第安男性对自己的身体产生欲望，

《圣·马尔》中的威特夫人被马夫释放出原始力量的身体吸引，《公主》中女主人公与男导游发生的一切其实是她自己的"意愿"，《羽蛇》同样也极力展现了墨西哥异性身体的性魅力。但与此同时，她们似乎不约而同地又在否定这种欲望，不敢轻易屈从。她们的排斥心理与当时白人对种族通婚的恐惧有关，因为她们担心血统的混杂会降低人种的质量，从而导致文明的倒退。

如果说暴力是两股对立力量的极端对抗，那么种族通婚就是一种对话形式。从小说的描写来看，白人对此的态度是含糊不清和充满歧义的。劳伦斯能够注意到印第安人的敌意，甚至能够反思殖民者对他者的剥削和掠夺，但同时他也对对方的暴力反抗感到恐惧，认为这是他们种族的劣根性使然。所以，小说中传达出对他者既同情又惧怕，既受其吸引又排斥的矛盾而含混的态度。这种含混与矛盾正是后殖民社会的典型特征。正是边界状态下处于边缘地位的他者对中心的有力回击，使得殖民者的主体意识处于一种不确定的矛盾状态。中心在不断减势，边缘在不断增势，他们之间持续不断的对抗与协商也在挑战着白人的权威，而这种挑战必然改变原有的殖民秩序，新的双边关系也由此产生。

最后，在宗教和政治层面，劳伦斯通过对新的文明形态的探索，与墨西哥的历史经验展开一场深度对话。从墨西哥的历史来看，它的社会文化发展是一个西方文化与墨西哥本土文化相结合的过程。虽然基督教成为墨西哥当地最为普及的宗教形式，但它在传播过程中被本土化，从而留下了墨西哥传统宗教的痕迹。自从墨西哥独立以来，其政局一直处于动荡之中，自由派、保守派、军方、大地主、外国人、教会等各方势力都参

结　论

与到权力的争夺中。各种形式的政治体制也是轮番登场，统治阶级的执政理念也是民主共和、独裁、社会主义等各种元素都囊括其中。社会文化的发展和政治格局都说明，独立后的墨西哥一直以来就是个多元文化混杂的社会。而20世纪20年代的墨西哥恰好处于一个历史的转折点，它经历了十年内战的摧残之后进入重建时期，而重建的政治导向便是宗教改革和社会主义。重建意味着新生，这恰好符合劳伦斯的理念，他一直以来所探索的也是文明的新形式。在这样的历史背景下，劳伦斯加入关于墨西哥未来走向的讨论，并在其中融入了自己的理念和主张。

小说《羽蛇》是以宗教改革的推进展开叙述，劳伦斯也以此为契机，探讨了自己的政治理想。就宗教改革来看，劳伦斯赞成墨西哥传统宗教的复兴，并在赋予其形式和内容时，以墨西哥的传统神话为基础，也融入诸多基督教元素。而在政治体制的探索上，他主要批判墨西哥当时混乱的政局，在强调精英制与纪律的同时，希望建立一个由充分发展的个体组成的小型无政府主义社群，并认为这才是墨西哥未来社会的理想模式。所以，小说不仅关乎劳伦斯个人，也不是只关注西方文明未来的走向，它同时也包含了对墨西哥未来的深切关注。劳伦斯从一个白人的角度来对墨西哥的未来进行探索，并不意味着霸权文化对他者文化的侵袭，而是与墨西哥的真实历史展开对话。宗教和政治体制的探索都是集体层面的对话与交流的体现，而小说故事已经暗示出，不管是白人，还是墨西哥人，只要他们生活在墨西哥，都会被赋予共同的历史体验与文化身份，而墨西哥的未来发展趋势也将是他们共同的命运。

综上所述，劳伦斯的这几部墨西哥小说深刻地揭示了边界状态下自我与他者的对抗与对话，以及由此带来的身份的持续变化。不管是劳伦斯自己的成长经历，还是他作为一个作家的非凡洞察力，几部墨西哥小说细致再现了白人在与文化他者正面交锋的边界体验中所经历的变化。在各种形式的边界情境中，自我与他者的对抗与对话导致了主体意识的变化。正因为如此，劳伦斯的这几部墨西哥小说似乎都不具有一个稳定的立场，其中的主人公对他者既同情又厌恶，既依赖又排斥，而小说既关注西方社会，也在关注印第安人；既对殖民主义有所反思，又在一定程度上遵循着殖民话语规则。这些矛盾与歧义直接导致了学界对这几部墨西哥小说的负面评价，认为它们在叙事上和美学上都是失败的作品。但这种不确定性正是劳伦斯墨西哥小说的价值所在，因为他们真实地再现了主体在跨文化边界状态下的游移。主体不断受到他者的逆向影响，身份也在不断产生变化。这几部小说说明，殖民者意识，或者殖民话语并不是一种绝对的存在，它是在一个连续谱系上的不断定位，而它的方向也不是回归一个纯粹的出发点，而是不断向他者一端靠近，最终形成一个混杂的新局面。可以说，这几部墨西哥小说揭示了在一个特定的历史基点上，原有的文化身份如何向新的文化身份过渡。通过对小说进行话语分析，也可以进一步了解，霸权如何走向多元，这对身处全球化进程中社会结构向多样与混杂快速发展的我们而言，也具有重要的现实意义。

# 参考文献

Ashcroft, Bill, et al, eds. *Post - Colonial Studies: The Key Concepts*. London and New York: Routledge, 2000.

Achcroft, Bill, Gareth Griffins and Helen Tiffin. *The Empire Writes Back: Theory and Practice in Post-colonial Literatures*. London and New York: Routledge, 1989.

Armstrong, Frances. *Dickens and the Concept of Home*. Ann Arbor: UMI Research Press, 1990.

Barkan, Elazar. "Victorian Promiscuity: Greek Ethics and Primitive Exemplars". In *Prehistories of the Future: The Primitive Project and the Culture of Modernism*. Eds. Elazar Barkan and Ronald Bush. Stanford: Stanford University Press, 1995.

Bell, Michael. *D. H. Lawrence: Language and Being*. Cambridge: Cambridge University Press, 1991.

Bhabha, Homi. "Foreword: Remembering Fanon: Self, Psyche and the Colonial Condition". In *Black Skin, White Masks*. Frantz Fanon. Trans. Charles L. Markmann. London: Pluto Press, 1986.

Bhabha, Homi. *The Location of Culture*. London and New York: Routledge, 1994.

Bhabha, Homi. "Editor's Introduction: Minority Maneuvers and

Unsettled Negotiations". *CriticalInquiry*, special issue on "Front Lines/Border Posts" 23: 3 (Spring 1997).

Bhabha, Homi. "Between Identities", interviewed by Paul Thompson. *Migration and Identity*. International Yearbook of Oral History and Life Stories, Vol. III Eds. Rina Benmayor and Andor Skotnes.

Becket, Fiona. *The Complete Critical Guide to D. H. Lawrence*. London and New York: Routledge, 2002.

Bermingham, Ann. *Landscape and Ideology: The English Rustic Tradition*, 1740-1860.

Berkeley: University of California Press, 1986.

Booth, Howard J. "Lawrence in Doubt: A Theory of the 'Other' and Its Collapse". In Modernism and Empire. Eds. Howard J. Booth and Nigel Rigby. Manchester and New York: Manchester University Press, 2000.

Boulton, James T. and Andrew Robertson, eds. *The Letters of D. H. Lawrence*, Vol. III. Cambridge: Cambridge University Press, 2002.

Bourdieu, Pierre. *Distinction: A Social Critique of the Judgement of Taste*. London and New York: Routledge, 1984.

Brewster, Achsah. *D. H. Lawrence: Reminiscences and Correspondence*. London: Martin Secker, 1934.

Callan, Hilary and Shirley Ardener, eds. *The Incorporated Wife*. London: Croom Helm, 1984.

Callaway, Helen. "Dressing for Dinner in the Bush: Rituals of Self-Definition and British Imperial Authority". In *Dress and Gender: Making and Meaning*. Eds. Ruth Barnes and Joanne Eicher. London:

Bloomsbury Academic, 1993.

Carby, Hazel. *Race Men*, Cambridge: Cambridge University Press, 1998.

Carr, Helen. American Primitives. *The Yearbook of English Studies*, Vol. 24, Ethnicity and Representation in American Literature (1994).

Conrad, Joseph. *Heart of Darkness*. Harmondsworth: Penguin Books, 1973.

Contrares, Sheila. "They were Just Natives to Her": Chilchui Indians and "The Woman Who Rode away". *D. H. Lawrence Review* 25. 1-3 (1993).

Coombes, H. ed. *D. H. Lawrence: A Critical Anthology*. Harmondsworth: Penguin Books, Ltd. , 1973.

Cosgrove, S. "Historical Considerations on Humanism, Historical Materialism and Geography". In *Remaking Human Geography*. Eds. Audrey Kobayashi and Suzanne Mckenzie. London: Unwin, 1989.

D. H. Lawrence, *Mornings in Mexico*. London: Martin Secker, 1930.

D. H. Lawrence, *The Rainbow*, London: Penguin Books Ltd. , 1949.

D. H. Lawrence, *Movement in European History*. Oxford: Oxford University Press, 1971.

D. H. Lawrence, *Sea and Sardinia*. New York: The Viking Press, 1972.

D. H. Lawrence, *Studies in Classic American Literature*. New

York: Penguin Books, 1977.

D. H. Lawrence, *Phoenix: The Posthumous Papers*. Ed., Edward D. McDonald. New York: Penguin Books, 1978.

D. H. Lawrence, *Kangaroo*. New York: Penguin Books, 1980.

D. H. Lawrence, *Study of Thomas Hardy and Other Essays*. Ed. Bruce Steel. Cambridge: Cambridge University Press, 1985.

D. H. Lawrence, *The Plumed Serpent*. New York: Vintage Books, 1992.

D. H. Lawrence, *Apocalypse*. London: Penguin Books Ltd., 1996.

D. H. Lawrence, *Studies in Classic American Literature*. Ed. Ezra Greenspan, Lindeth Vasey and John Worthen. Cambridge: Cambridge University Press, 2003.

D. H. Lawrence, *The Woman Who Rode away/ St. Mawr/ The Princess*. London: Penguin Books Ltd., 2006.

D. H. Lawrence, *Critique of Everyday Life*, London: verso, 1991.

Dilworth, Leah. *Imagining Indians in the Southwest: Persistent Visions of a Primitive Past*. Washington D. C.: Smithsonian Institution Press, 1996.

Dissanayake, Wimal and Carmen Wickamagamage. *Self and Colonial Desire: Travel Writings of V. S. Naipaul*. New York: P. Lang, 1993.

Draper, R. P. ed., *D. H. Lawrence: The Critical Heritage*. London and New York: Routledge, 1970.

Duran, Fray Diego. *The Aztecs: The History of the Indies of New

Spain, New York: Orion Press, 1964.

Eliot, T. S. War-Paint and Feathers. *Primitivism and Twentieth-Century Art: A Documentary History.* Ed. , Jack Flam and Miriam Deutch. Berkeley: Universityof California Press, 2003.

Ellis, David. *D. H. Lawrence: Dying Game, 1922 - 1930.* Cambridge: Cambridge University Press, 1998.

Englehardt, Dorthe G. *A. L. N. Tolstoy and D. H. Lawrence: Cross-Currents and Influence.* Berlin: Peter Lang, 1996.

Fanon, Frantz. *The Wretched of the Earth.* London: Penguin Books Ltd. , 1967.

Ferber, Michael. *A Dictionary of Literary Symbols.* Cambridge: Cambridge University Press, 1999.

Fernihough, Anne, ed. *The Cambridge Companion to D. H. Lawrence.* Cambridge: Cambridge University Press, 2001.

Feuntes, Carlos. *The Death of Artemio Cruz.* London: Collins, 1964.

Flora Anne Steel and G. Gardiner, *The Complete Indian Housekeeper and Cook.* London: William Heinemann, 1911.

Foucault, Michel. "Body/Power". In *Michel Foucault: Power/Knowledge.* Ed. C. Gordon. Brighton: Harvester, 1980.

Foucault, Michel. *The History of Sexuality, Vol. 1: An Introduction.* Harmondsworth: Penguin Books, 1981.

Frazer, Chris. *Bandit Nation: A History of Outlaws and Cultural Struggle in Mexico,* 1980-1920, Lincoln & London: University of Nebrasca Press, 2006.

Galarza, Ernest. *The Roman Catholic Church in Mexico as a*

Factor in the Politicaland Social History of Mexico. Sacramento: The Capital Press, 1928.

Gilbert, Sandra. " D. H. Lawrence's Mexican Hat Dancing: Rereading *The Plumed Serpent* ". In *Rereading Texts/Rethinking Critical Presuppositions: Essays in Honour of H. M. Daleski.* Eds. Shlomith Rimmon–Kenan and Leona Toker. Frankfurt: Peter Lang, 1997.

Gould, Stephen Jay. *The Mismeasure of Man.* Harmondsworth: Penguin Books, 1981.

Guitierrez, Donald. "D. H. Lawrence's 'Spirit of Place' as Ecomonism". In *D. H. Lawrence: The Journal of the D. H. Lawrence Society* (1991).

Gunn, Drewey Wayne. American and British Writer in Mexico, 1556–1973. Austin: University of Texas Press, 1974.

Hyam, Ronald. *Empire and Sexuality: The British Experience.* Manchester: Manchester University Press, 1990.

Hyde, Virginia Crosswhite and Earl G. Ingersoll, ed. " *Terra Incognita* ": *D. H. Lawrence at the Frontiers.* Madison: Faileigh Dickinson University Press, 2010.

JanMohamed, Abdul R. "The Economy of Manichean Allegory: The Function of Racial Difference in Colonialist Literature". *Critical Inquiry*, Vol. 12, No. 1, "Race", Writing and Difference (Autumn 1985).

Johns, Christina Jacqueline. *The Origins of Violence in Mexican Society.* Westport: Praeger Publishers, 1995.

Kinkead-Weekes, Mark. "The Gringo Senora Who Rode Away".

D. H. LawrenceReview 22: 3 (1990).

Kinkead-Weekes, Mark. Decolonising Imagination: Lawrence in the 1920s. *The Cambridge Companion to D. H. Lawrence.* Ed. Anne Fernihough. Cambridge: Cambridge University Press, 2001.

Konodny, Annette. *The Land Before Her: Fantasy and Experience of the American Frontiers*, 1630 - 1860. Chapel Hill and London: University of North CarolinaPress, 1984.

Lasdun, James. "Introduction". *The Woman Who Rode away/ St. Mawr/ The Princess.* London: Penguin Books, 2006.

Lefebvre, Henri. *The Production of Space.* Trans. Donald Nicholson-Smith. Oxford UK: Blackwell Ltd. , 1991.

Lewis, Wyndham. *Paleface, the Philosophy of the " Melting - Pot".* London: Chatto and Windus, 1929.

MacMillan, Margaret. *Women of the Raj.* New York: Thames & Hudson, 1988.

MacLeod, Sheila. *Lawrence's Men and Women.* London: Paladin, 1985.

Marshall, Peter. *William Blake: Visionary Anarchist.* London: Freedom Press, 1994.

McLintock, Anne. *Imperial Leather: Race, Gender and Sexuality in the Colonial Contest.* London and New York: Routledge, 1995.

Merrid, Knud. *A Poet and Two Painters.* London: Routledge, 1938.

Meyers, Jeffrey. " The Plumed Serpent and the Mexican Revolution. " *Journal of ModernLiterature*, Vol. 4, No. 1 (Sep. , 1974).

Michelucci, Stefania. *Space and Place in the Works of D. H. Lawrence.* Trans. Jill Franks. Jefferson: McFarland & Company, Inc., Publishers, 2002.

Millett, Kate. *Sexual Politics.* London: Rupert Hart – Davis, 1971.

Myers, Sandra L. *Westering Women and the Frontier Experience 1800-1915.* Albuquerque: University of New Mexico Press, 1986.

Nandy, Ashis. *The Intimate Enemy: Loss and Recovery of Self under Colonialism.* Oxford: Oxford University Press, 1983.

Nixon, Cornelia. *Lawrence's Leadership Politics and the Turn against Women.* Berkeley: University of California Press, 1986.

Norris, Nanette *Modernist Myth: Studies in H. D., D. H. Lawrence and Virginia Woolf.* Fergus: Dreambridge Publishing, 2010.

Oh, Eunyoung. *D. H. Lawrence's Border Crossing: Colonialism in His Travel Writingsand "Leadership" Novels.* London and New York: Routledge, 2007.

Porter, Catherine Anne. "Quetzalcoatl". In *The Collected Essays and Occasional Writings of Katherine Anne Porter.* Boston: Houghton Mifflin, 1970.

Pratt, Mary Louise. *Imperial Eyes: Travel Writing and Transculturation.* London: Routledge, 1992.

Pryzybylowicz, Donna. "D. H. Lawrence's the Plumed Serpent: The Dialectic of Ideology and Utoqia", *Boundary* 2, Vol. 13, No. 2/3 (Winter- Spring, 1985), p. 295.

Roberts, Neil. *D. H. Lawrence, Travel and Cultural Difference.* New York: Palgrave MacMillan, 2004.

Roberts, Warren, James T. Boulton, and Elizabeth Mansfield, eds. *The Letters of D. H. Lawrence*, Vol. IV. Cambridge: Cambridge University Press, 2002.

Rossman, Charles. "D. H. Lawrence and Mexico". In *D. H. Lawrence: A Centenary Consideration*. Eds. Peter Balbert and Philip L Marcus. Ithaca: Cornell University Press, 1985.

Ruderman, Judith. "Lawrence as Ethnographer and Artist". In *"Terra Incognita": D. H. Lawrence at the Frontiers*. Eds. Virginia Crosswhite Hyde and Earl G. Ingersoll. Madison: Fairleigh Dickinson University Press, 2010.

Philip, Richard. *Mapping Men and Empire: A Geography of Adventure*. London: Routledge, 1997.

Purchas, Samuel. *His Pilgrimes in Five Books. Book 5: Voyages and Travels to and in the New World Called America*. London: William Stansby.

Said, Edward. *Culture and Emperialism*. London: Vintage, 1993.

Son, Youngjoo. *Here and Now: The Politics of Social Space in D. H. Lawrence and Virginia Woolf*. New York & London: Routledge, 2006.

Spencer, Lewis. *The Gods of Mexico*. New York: Frederick A. Stokes, 1928.

Spender, Stephen. *The Thirties and After: Poetry, Politics, People, 1933's-1970's*. London: Macmillan, 1978.

Spivak, Gayatri Chakravorty. *Outside in the Teaching Machine*. London and New York: Routledge, 1993.

Spurr, David. *The Rhetoric of Empire: Colonial Discourse in*

Journalism, *Travel Writing*. Durham and London: Duke University Press, 1993.

Stott, R. "The Dark Continent: Africa as Female Body in Haggard's Adventure Fiction". *Feminist Review*, (1989) 32.

Sweeney, Carole. *From Fetish to Subject: Race, Modernism, and Primitivism*, 1919-1935. Westport: Praeger Publishers, 2004.

Tanner, Tony. "D. H. Lawrence and America". *D. H. Lawrence: Novelist, Poet, Prophet*. Ed. Stephen Spender, London: George Weidenfeld and Nicolson Ltd., 1973.

Tindall, William York. "D. H. Lawrence and the Primitive". *The Sewanee Review* Vol. 45, No. 2 (Apr. -Jun., 1937).

Templeton, Wayne. "'Indians and an Englishman': Lawrence in the American Southwest". *The D. H. Lawrence Review*, 25, No. 1-3 (1993&1994).

Turner, Bryan S. *Regulating Bodies: Essays in Medical Sociology*. London and New York: Routledge, 1992.

Turner, Bryan S. *The Body and Society*. 2nd ed. London: Sage, 1996.

Walker, Ronald G. *Infernal Paradise: Mexico and the Modern English Novel*. Berkeley: University of California Press, 1978.

Williams, Raymond. *The Country and the City*. New York: Oxford University Press, 1973.

Williams, Peter. "Consisting Class and Gender: A Social History of the Home 1700-1901". In *Class and Space: The Making of the Urban Society*. Eds., N. Thrift and Peter Williams. London: Routledge & Kegan Paul, 1987.

Worthen, John. *D. H. Lawrence and the Idea of the Novel*. Basinstoke: Macmillan, 1979.

Worthen, John. *D. H. Lawrence: The Life of an Outsider*. London: Allen Lane, an imprint of Penguin Books, 2005.

Young, Robert J. C. *Colonial Desire: Hybridity in Theory, Culture and Race*. London and New York: Routledge, 1995.

Zytaruk, George J. and James T. Boulton, eds, *The Letters of D. H. Lawrence*, Vol. II. Cambridge: Cambridge University Press, 2002.

巴赫金:《巴赫金全集》(第三卷),白春仁、晓河译,河北教育出版社,1998。

丹尼·卡瓦拉罗:《文化理论关键词》,江苏人民出版社,2006。

比尔·阿西克洛夫、格瑞斯·格里菲斯、海伦·蒂芬:《逆写帝国:后殖民文学的理论与实践》,任一鸣译,北京大学出版社,2014。

D. H. 劳伦斯:《羽蛇》,郑复生译,山东文艺出版社,2010。

法农:《黑皮肤,白面具》,万冰译,译林出版社,2005。

弗雷泽:《金枝》,徐育新等译,大众文艺出版社,1998。

胡家峦:《历史的星空:文艺复兴时期英国诗歌与西方传统宇宙论》,北京大学出版社,2001。

胡家峦:《文艺复兴时期英国诗歌与园林传统》,北京大学出版社,2008。

加布丽埃·施瓦布:《文学、权力与主体》,陶家俊译,中国社会科学出版社,2011。

康德:《判断力批判》,邓晓芒译,杨祖陶校,人民出版社,2002。

刘意青:《〈圣经〉的文学阐释——理论与实践》,北京大学出版社,2004。

陆建德:《地之灵——关于"迁徙与杂交"的感想》,《外国文学评论》2001年第3期。

卢卡奇:《关于社会存在的本体论》,重庆出版社,1993。

迈克尔·C. 迈耶、威廉·H. 毕兹利编《墨西哥史》(上、下册),复旦人译,东方出版中心,2012。

米歇尔·福柯:《规训与惩罚》,刘北成、杨远婴译,三联书店,2010。

萨义德:《文化与帝国主义》,李琨译,三联书店,2007。

萨义德:《东方学》,王宇根译,三联书店,2011。

桑德·L. 吉尔曼:《黑身体、白身体:19世纪末艺术、医学及文学中女性性征的图像学》,都岚岚译,陈永国编《视觉文化研究读本》,北京大学出版社,2009。

斯图亚特·霍尔:《文化身份与族裔散居》,罗钢、刘象愚编,《文化研究读本》,中国社会科学出版社,2000。

童强:《空间哲学》,北京大学出版社,2011。

W. J. T. 米歇尔:《帝国风景》,陈永国译,陈永国编《视觉文化研究读本》,北京大学出版社,2009。

温迪·J. 达比:《风景与认同:英国民族与阶级地理》,张箭飞、赵红英译,译林出版社,2011。

谢天振、查明建:《中国现代翻译文学史》,上海外语教育出版社,2004。

张德明:《原始的回归——论现代主义文学中的原始主义》,《当代外国文学》1998年第2期。

图书在版编目(CIP)数据

劳伦斯墨西哥小说殖民话语与主体性嬗变／罗旋著.——北京：社会科学文献出版社，2019.7
 ISBN 978-7-5201-5057-6

Ⅰ.①劳… Ⅱ.①罗… Ⅲ.①劳伦斯(Lawrence, David Herbert 1885-1930)-小说研究 Ⅳ.①I561.074

中国版本图书馆CIP数据核字（2019）第119743号

劳伦斯墨西哥小说殖民话语与主体性嬗变

著　　者／罗　旋

出 版 人／谢寿光
责任编辑／曹长香
文稿编辑／周永霞

出　　版／社会科学文献出版社·社会政法分社（010）59367156
　　　　　地址：北京市北三环中路甲29号院华龙大厦　邮编：100029
　　　　　网址：www.ssap.com.cn

发　　行／市场营销中心（010）59367081　59367083
印　　装／三河市尚艺印装有限公司

规　　格／开　本：787mm×1092mm　1/16
　　　　　印　张：12.5　字　数：132千字
版　　次／2019年7月第1版　2019年7月第1次印刷
书　　号／ISBN 978-7-5201-5057-6
定　　价／58.00元

本书如有印装质量问题，请与读者服务中心（010-59367028）联系

▲ 版权所有 翻印必究